JN287255

許婚のあまい束縛

高峰あいす

幻冬舎ルチル文庫

CONTENTS ✦目次✦

許婚のあまい束縛

✦カバーデザイン＝清水香苗（CoCo.Design）
✦ブックデザイン＝まるか工房

イラスト・六芦かえで✦

許婚のあまい束縛

バスに揺られ、のどかな田園風景を眺める九條《くじょう》斎希《いつき》の表情は暗い。

こんな時代錯誤がまかり通っている地域があるなんて、東京の専門学校で知り合った友人に話しても信じてもらえないだろう。

近くの駅まで、車で二十分ほど。バスも多くはないが、少なくもない本数。

田舎《いなか》と呼ぶにはそれなりに発展している地域で、川を隔てた高台には新興住宅街が立ち並んでいる。大型量販店や病院も、徒歩一時間圏内という微妙な地域。

そんな町と村の中間のような場所が、斎希の生まれ故郷だ。九條家は、昔はこの一帯の地主だったようだが、土地を切り売りして残っているのは本家周辺の畑と山が少し。ネットも携帯も通じるが、実家では全て使用禁止。持ち帰れば問答無用で壊されると分かっているから、今回の帰省には外部と連絡を取れるような物は持っていない。

――変わってないんだろうな。

ため息をつく斎希の予想は数時間後、最悪の形で現実となった。

東京で専門学校に通いながら一人暮らしをしていた斎希に、本家から連絡が来たのは三日前の事だ。

本家とは言っても、大して価値のない山野を持っているだけで、誇れる物と言えばそれなりに長く村長のようなものを形だけ務めていることぐらいだ。

しかしそれも、家を取り仕切る祖母が川の北側にあった土地を手放したことで変化しつつある。見栄《みえ》ばかり気にする本家の人間は、多額の借金を帳消しにすることと引き替えに、九條の持つ土地の中でも一番高値の付く場所を業者に言われるままに売り払った。

調べればその土地は、売った数倍の値が付くと後から知ったが、他者に教えを請《こ》うことを嫌う祖母は、借り入れしている銀行を含めた周囲からの苦言を無視し、現在は更に借金を重ねているらしい。

らしいというのは、本来跡取りである斎希は部外者扱いされており、今回の呼び出しがあるまで実家の経済状況など全く知らなかったのである。

——全く、都合のいいときだけ呼び出すんだから。結花《ゆか》と戸籍の事がなければ、無視したんだけど。

珍しいことに、九條家は代々女性が跡取りとなる旧家だ。大分前から男児に恵まれず、本家も養子を取るのを嫌がったので、女系家族としてなり立っている。

そんな九條家に数世代ぶりに産まれた男児が、斎希だ。

正確には、結花という双子の妹も同時に生まれたので、跡取りに関しては一見なんの問題もない。だが親族の中から、『男児が生まれたのだから、この際女性に拘《こだわ》らずともいいのでは』とこれまでのしきたりを覆す声が上がり、親族会議で揉《も》めた結果事態は一変する。赤ん坊だった斎希は、祖母の命令で『斎希は九條家の次女である』と戸籍登録されてしまったのである。まだ当時は九條家の力も強く、役場や村の産院にも顔が利いたので、みな見て見ぬ振りをしたと母から聞かされた。

仕方なく本家の横暴に従っていた斎希達の両親は、流石《さすが》に自分達だけでなく斎希達にも理不尽を強いた祖母に危機感を覚え、着の身着のままで家を出た。それまで本家から逃げた跡取りなどいなかったので、斎希の祖母は相当取り乱した。そして、今まで全く信用しなかった興信所を頼り、数年の歳月をかけて両親を探し出したのだ。

名前を変え、半月ごとに各地を転々としていた両親を探す執念はすさまじく、最終的には二人が七歳を迎える誕生日に、子供だけ本家に引き取るという形で決着がつく。当然、跡取りの母親と、入り婿《むこ》だった父も反発したようだが長年の放浪生活で弁護士を雇う資金もなく、二人は半《なか》ば攫《さら》われるように本家へと戻された。

それからは、二人の兄妹は両親に会うことは許されず、全く自由もないばかりか斎希は男に生まれた現実を否定される生活が始まった。戸籍上で斎希は、女性として届け出がされてしまっているだけでなく、立場も結花の『妹』だ。『姉』として登録されれば、斎希が家を継いでしまうからというきわめて女系に拘った祖母の意向だ。小学校から高校まで、地元にある過疎の進んだ公立学校に通わされたが、そこでも斎希は『女子』として扱われる。

旧友は勿論《もちろん》、斎希が男であると知っていたけれど、九條家からの嫌がらせを恐れて何も言わなかった。一部の良識ある家族は、市の相談所に連絡をしたようだったが、それも九條の力で有耶無耶《うやむや》にされ、一ヶ月もしないうちにその家族はどこかへ引っ越していった。そんな事が続いたので、斎希には友人などできず、結花も『本家の跡取り』と大人達から贔屓《ひいき》されて育ったために、同学年の生徒達から腫れ物《はれもの》でも扱われるような日々が続いた。

しかしそれも、本家があずかり知らぬ所で終わりを告げる。斎希が行くことを許されなかった中学の修学旅行先で、結花が道に迷いナンパに合っているところを小石川《こいしかわ》と名乗る青年に助けられたのがきっかけだ。

実家を離れ、大学生活をしていた小石川は、結花の言動に引っかかりを覚えたと後から聞いた。初めは見知らぬ男性と話すことに慣れていないだけと思っていた小石川だが、次第《しだい》に違和感を覚えたらしい。九條の本家は女系と言っても、結婚相手は家長が決めるのが習わしなので、見知らぬ男と会話することさえ許さない。

それを伝えたところ、小石川は静かに結花の話を聞き『女性の名前で文通しよう』と持ちかけてくれた。その違和感の正体が『九條家の異常なまでの束縛』と知るのは、出会ってから半年以上先のことだ。

どうやら小石川は文通を始めた初期の時点で、結花が誰《だれ》にも相談できない悩みを抱え心が疲れ切っていると予想していたようだ。初めのうちは興味本位で近づいてきたのかと警戒していた結花も徐々に心を開き、斎希の相談も始めたのが二年前。人生の全てを諦《あきら》め、いずれ時代錯誤の座敷牢《ざしきろう》に閉じ込められて一生を終えるのだろうと達観していた斎希は、突然小石川から直接連絡を受けた。

内容は、『結花と結婚したいから、君と結花を九條から解放する』という夢物語に近いもの。

流石に裏があるのではと勘ぐったが、小石川は全て行動で示してくれた。

まず小石川は祖母に、無謀とも思える直談判《じかだんぱん》の場を設けるように頼み込んだ。小石川は祖母の酷《ひど》い仕打ちを聞いて知っていたが、現実として保護者である立場を尊重し、真っ向からぶつかることを選んだと後から教えられた。

当然、話し合いがすんなり纏《まと》まるわけもない。一度話し合った時点で、流石に小石川も祖母が常識の通じる相手ではなかったと理解したらしい。弁護士や部下と相談した結果、『結花と斎希に社会勉強をさせて、より良い結婚相手を紹介する』と持ちかけたのだ。

ただし最近は相手も学歴を重視するので、それぞれ大学か専門学校を卒業させた方がいいと言い、全ての費用は小石川が出すとまで言ってのけた。

普通ならそんな胡散臭《うさんくさ》い話に乗りはしないだろうが、頭を下げられることに慣れきっていた祖母達は、進学や下宿費を全て出すという小石川の話に疑いを持ちつつも、金の魅力には抗えなかったのか、渋々といった風を装い頷いたのである。ついでに、結花が家を離れている間は、個人的に祖母へ援助をしたいとまで申し出たのが効いた。

ただ、結花は跡取りなので、必ず斎希を側に置いて行動の監視と報告《ほうこく》をさせることが条件とされた。制約はあるが、斎希も本家を離れられたのは、幸運だったとしか言いようがない。

家を出てしまえば、かなり自由はきく。戸籍を弄《いじ》れば裁判になるので、とりあえずは二人は学業に専念し、独立できる環境を整えようという話になった。

この時点で、小石川は国内でも名の通った銀行家の御曹司《おんぞうし》と分かっていた。だが、本家は相変わらず九條の家柄がいかに素晴らしいかを力説するばかりで、小石川がどれだけ権力を持っているかすら理解しなかった。

小石川家が、政財界にも顔が利く名家だと親族の一部から進言されても『九條家の方が歴史は長く格上』と言い張り、むしろそんな家の息子が頭を下げに来る程、九條家は素晴らしいと浮かれきっていたのを斎希は覚えている。

とりあえず結花は小石川の通っていた大学に入学し、斎希は卒業したらすぐに稼ぎたいと頼み、小石川の親族が経営する調理の専門学校へ通うこととなる。最初は自由な生活に戸惑いもあったけれど、友人ができるにつれて自分の本家がどれだけ異常だったか改めて確信した。

そんな中の、急な呼び出しだ。本家の一部には結花と小石川の仲を疑い始めている者もいるが、金を出してもらっている手前干渉は控えている。

今回は、結花を学業に専念させるため、代わりに斎希が変装して本家の仕事を手伝えというのが祖母の命令だった。

――仕事って言ったって、あんな下らない事……本気でさせようってのが、理解できない。

まあ、結花に話が行ってないからそれはいいけど。

叔母《おば》から聞いた話では『残りの土地を高値で買い取りたいという人が、九條家との深い繋《つな》がりを欲している』らしい。

つまりその人物と婚約しろと言うのだが、跡取りである結花を差し出すのは祖母が許可を出さない。なので、九條家の事情を話したところ相手は『形だけでも繋がりがあれば、色々と便利なのだ』と言い、更には契約が終われば九條家側に問題のない形で婚約を解消するまで約束したらしい。

しかし疑《うたぐ》り深い祖母のこと、偽りの婚約であっても結花をお披露目するなど言語道断と言い切り、その役を斎希に任せるつもりなのだ。

――小石川さんの時も条件良すぎとは思ったけど、あの時は一年近く結花と遣《や》り取《と》りがあったからな。えっと、岩井《いわい》さん……か。信用できるのかな?

腑《ふ》に落ちないことばかりが胸を過《よ》ぎるが、斎希を動かしたのは『無事に九條家の財政を立て直せれば結花も斎希も、九條家から解放してやる』と提示された条件だ。

本当にそうなるとは思っていないけれど、何かの気まぐれで祖母が自分達を解放する可能性もある。

幸いというか、自分と結花の容姿は二卵性ながらかなり似ている。

本家に引き取られてからは、滅多に外出させてもらえない生活が長かったせいか、体格は平均的な同年齢よりも華奢《きゃしゃ》で肌の白さは結花以上だ。黒髪に大きな黒い瞳《ひとみ》。結花の妹役として女物の振《ふ》り袖《そで》を着せられ、本家の儀式に参加したことも数え切れない。

結花は家を出た反動で髪を茶色に染め、服装も今時のギャルに近いが、斎希はまだ完全に本家の束縛から心が逃れられずユニセックス的な服装を好む。

事情を知らない友人達からは、『可愛《かわい》い』と絶賛されるので、正直複雑だがおかげで今回は乗り切れそうだ。

――結花の身代わりは初めてだけど、なんとかなるかな。

気持ちは沈むが、妹の将来を思えば何でもできる気がした。気が強く、祖母に罵倒《ばとう》される自分をいつも庇《かば》ってくれた結花だが、本当は心の優しい普通の女の子だと斎希と両親だけが知っている。このまま本家の人間にいいようにされたら、結花は将来を悲観してなにをするか分からない。確実に小石川と結婚が決まるまでは、兄として守らなければならないと斎希は決意を固めた。

数年ぶりに戻った実家は、相変わらず祖母を中心に見栄ばかり気にする親族の溜まり場になっていた。

二十以上ある部屋の殆《ほとん》どは物置と化しており、ろくに掃除もされていないのは丸分かりだ。かろうじて客間と台所は使えるようになっているものの、客がくるので急遽《きゅうきょ》人を呼び片付けたのだろう。それでも古民家と言い張ればそれなりに見栄えはするから、片付けをしない祖母達にとっては便利な家に違いない。そして自分も、その便利な道具の一つに仕立て上げられている。

緋色《ひいろ》の地に花と手鞠《てまり》をあしらった振り袖を着付けられ、帯も祖母がわざわざ注文したという豪華な物。その真ん中には、代々九條家の跡取りだけが付けられる、翡翠《ひすい》の帯留めが付けられていた。

——真似事《まねごと》って言っても、これじゃ本当の結納みたいじゃないか。

着替えの前にちらと覗《のぞ》いた広間には仕出しだが豪華な料理が並べられ、分家の者達が忙しそうに働いていた。ここには本家に逆らえず諦めきった分家の親族と、取引が上手《うま》く運ぶことで利益を得られると思い込み下品な笑みを浮かべている本家筋に近い二通りの者しかいない。どちらにしろ、彼らは祖母に従えば最低限の生活は働かずとも保証されると知っている。

だから理不尽にこき使われても、逃げたり逆らったりしないのだ。そんな風潮が、九條家には当たり前の事として引き継がれている。

――そんなのも、僕の代で終わりにしないと。

少なくとも本家の跡取りである結花が家を出てしまえば、揉めるのは確実だ。その間に親族間の連帯が薄れ、見栄ばかり気にする本家に嫌気が差して若い世代はこの土地から出ていくだろうと斎希は期待していた。

そうなるまでは、結花を守るために自分の人生を犠牲にしたって構わない。覚悟を決めた斎希は、髪留めで長めの襟足をアップにすると広間へと向かう。

先程、取引相手が到着したと、着付けを手伝った叔母から聞かされていたので、流石に緊張する。

――でも……よっぽどの馬鹿《ばか》じゃなければ、僕が男だって気づくよなあ。

和装にするなら、せめて首回りを隠すストールでも巻くのかと思っていた。しかし浮かれた親族達は、斎希に女装させただけで相手を騙《だま》せると信じ切っている。いくら偽装的な婚約であっても、出てきたのが男なら相手は怒るだろう。

本家に引き取られて家を出るまで、女性として扱われていたから立ち振る舞いは問題ないとしても、手や首回りの骨格は男だ。

しかしこれで取引相手の岩井が気分を害したとしたら、全ての責任はいつものように斎希に押し付けられる。祖母達は理屈ではなく、感情で物を言うので、どれだけ自分達に過失があっても、斎希が全面的に悪いとされるのだ。昔から、本家に不都合なことが起これば、斎希に関係がなくとも一方的に責め立てられてきた。

特に祖母は、女系跡取りを途絶えさせる原因の斎希を快く思っておらず、何かと難癖を付けて虐《いじ》め続けていた。

広間に足を踏み入れると、その祖母が駆け寄り作り笑いと猫なで声で斎希を呼ぶ。歳《とし》は九十近いはずだが、矍鑠《かくしゃく》としておりその目は未《いま》だ衰えぬ金への執着でぎらついている。疎《うと》まれていたという過去を鑑《かんが》みても、斎希も結花もこの祖母がどうしても好きにはなれなかった。

「まあまあ、よく似合ってること。お前の母さんは、折角《せっかく》の振り袖を捨ててまで逃げた恩知らずだって言うのに、やっぱり孫は純粋でかわいいものねえ」

鶏ガラのような手が、斎希の頬《ほお》を慈《いつく》しむように撫《な》で回す。事情を知らぬ者が見れば、孫の晴れ姿を喜ぶ善良な祖母と言った所だ。

しかし祖母は斎希に顔を寄せると、それまでの笑顔を消ししゃがれた声で命じる。

「いいかい、岩井様は九條家の立て直しに必要な取引先だ。何があっても、逆らうんじゃないよ。全てはお前にかかってるんだ。もし粗相をしたら、何をしてでも結花を家に戻す。いいね」

反論など聞く気はないらしく、斎希が口を開く前にその手を取り、客の座る上座へと連れて行く。

「お前は今から、結花として振る舞うんだ。何があっても、逆らうんじゃないよ！」

結納の真似事も異常だが、逆らうなと言われるのは違和感がある。

「お祖母さま？　僕は座ってるだけでいいんですよね？」

鋭く睨《にら》まれ、斎希は口を噤《つぐ》む。

――結納の真似だけでいいって言ってたけど、これ変だ。

既に酒の回っていた男性陣からは、振り袖姿の斎希を揶揄《やゆ》するような声がこそこそと上がるが、聞こえない振りをして俯《うつむ》いたまま岩井の隣に用意された席に座る。

正直、こんな状況を見て隣の岩井は呆《あき》れている事だろう。まだ契約書すら交わしていないのに、大金が入ると信じ切って馬鹿騒ぎをする親族達。そして品のない色ばかりが鮮やかな振り袖を着せられた青年が隣に座った時点で、席を立たれてもおかしくない。

さて、どうしようかと考えたが、黙っていても始まらない。

「……はじめまして、九條……結花、です」

「岩井宗則《むねのり》だよ。これからも、よろしく」

俯き、できるだけ彼を見ないようにしていた斎希は違和感を覚えて顔を上げてしまう。すると至近距離で笑顔の岩井に見つめられ、息を呑《の》んだ。

――え……意外と若い。二十代半ばくらいかな。それにいかにもインテリって感じで……

ってそうじゃなくて！　これからも、って言ったけどどういうこと？

そういえば、やけに親族の女性陣が騒いでいたと今更思い出した。

濃いめの茶髪だがフレームのない眼鏡をかけた岩井は、ダークグレーの背広を着ている。座っているので背丈は分からないが、引き締まった体躯《たいく》と少し窮屈そうに胡座《あぐら》をかく姿勢から、彼が長身であるのは想像できた。

「君は、斎希君だね？　その様子だと、私同様に騙されたのか」

「騙されたって、どういうことですか。お気づきかも知れませんが、祖母はかなり我《が》が強いので、不愉快にさせてすみません」

状況が全く摑《つか》めないけれど、親族が岩井に対して非常識な事をしているのは予想が付く。

斎希が悪いわけはないが、一応血の繋がった親戚の不始末なので岩井に顔を寄せて小声で丁寧に侘《わ》びた。

「君のように、まともな子もいると分かって安心したよ。どうやらこの家の人たちは、誤魔化しではなく本当に結納を執《と》り行《おこな》う気でいるらしい」

「え……」

注がれたビールを一口飲み、岩井が思ってもみなかった事を口にする。酔いの回った親族が大声で話をしているので、幸い彼の言葉は寄り添うようにして座る斎希にしか聞こえていない。

「私以外にも、君の婚約者候補は、数人いるようだ。本家の老人達は、金払いが良くて、気に入った相手に君を差し出すつもりなんだろうね」

「気がついてるのに、どうして帰らないんですか」

「興味があったのは本当だからね。九條の家を、見極めたかったのもある。だが、失望した」

笑顔で言うから、どこまで本気か一瞬迷う。

しかし、岩井の目が笑っていないことに気づいて、背筋を冷たい物が伝い落ちた。

——恐いけど、この人なら怒らせて破談にするより、僕の状況を話せば通じそう。

この岩井が信頼に値するかは分からないが、少なくとも九條家に良い印象を持っていないのは口調から分かった。

彼を頼るつもりはないけれど、気まぐれで行動する祖母より誠実な取引はできる筈《はず》だ。それにこんな時代錯誤な家の騒ぎにも怒らず、平然としているのだから何かしら考えもあるのだろう。

——土地を買いに来てるんだから、いっそこのあたりを全部買ってくれるように、お願いしてみようかな。そうすれば、本家も出て行かざるを得ないだろうし。

住み続けた土地に拘る祖母が村を出れば、自然に九條家は崩壊する。そうなれば、しきたりだの何だのと言った面倒ごとも自然と有耶無耶になるはずだ。

「えっと、岩井様」

「今は黙っていなさい。その方が、君のためにもなる」

フレームのない眼鏡越しに見える岩井の目は、すっかり出来上がっている九條家の面々を冷静に観察している。

口元は笑っているけれど、祖母達とは全く違う凄《すご》みがある。

「この子はお気に召しましたか、岩井様」

暫《しばら》くすると、着付けをした叔母の一人が側《そば》に来て岩井の顔色を窺《うかが》う。

愛想笑いとは思えないほど柔らかい笑みを返す岩井だが、その目が変わらず冷静な事に斎希だけが気づいていた。

「よろしければ、存分に可愛がってやって下さい。離れに床《とこ》を用意してありますから」

「叔母さん？」

「お前は黙っていなさい」

刺々《とげとげ》しい口調で返され、斎希は困惑しつつも黙り込む。

嫌な予感はしていたけれど、本気で男である自分を差し出すような馬鹿な事をするわけがないと考えていたのも事実だ。

それに岩井の性的指向がノーマルであれば、叔母の言葉は完全な失言になる。

「話を合わせた方が、いいんじゃないか？」

慌てる斎希を見もせず、岩井が淡々と言ってのけた。

想像していた以上に、彼は頭のいい人物だと理解する。

けれど同時に、なぜそんな人間が部下を連れず一人でこんな田舎の地主に直接交渉を持ちかけたのか分からない。着付けの合間に聞こえてきた話では、どうやらリゾート開発会社の社長だと知ったが、それだけの人物が単身乗り込んでくるのも怪しすぎる。

「……分かっているんですか？　それとも、九條の土地は、本当に価値が……」

あははとわざとらしく苦笑して、岩井が言葉を遮《さえぎ》った。

「跡取りの結花って子に似てるからって、すれてない男の子を差し出すのは悪趣味な趣向だよね。いつも遊んでる連中には、こういう趣味のやつもいるから慣れてるけどさ、大体生《い》け贄《にえ》にされる子も慣れてるのが普通だし」

急に砕けた口調になった岩井を前にして、斎希は彼の考えが全く分からなくなった。かろうじて理解したのは、最初から彼は九條家が婚約云々《うんぬん》は表向きで、体で接待をさせるつもりだと気づいていたということ。

ただ流石に岩井も、斎希の複雑な立場や『本家の人間』である事は知らない様子だ。精々《せいぜい》、親族が勝手に宛《あて》がった夜伽《よとぎ》要員みたいに思っているのだろう。

「合意なら遠慮なく頂くけど、君は騙されて連れてこられたみたいだし。何とかするから安心して」

初めて岩井は、何の含みもない微笑を浮かべた。それまで周囲を観察していた鋭い視線は消え、慈しみすら感じさせる眼差《まなざ》しを向けてくる。

——この人なら、信用できるかもしれない。

岩井は九條家に対して良い感情を持っていないと斎希は確信した。とにかく岩井と二人きりになって事情を説明し、自分が九條家の因習をどうにかしなければならないという考えを持っていることを伝えなければと思った矢先、急に広間に面した庭が騒がしくなった。

「お嬢様、どうしてこちらに！」

「結花、どうして……」

「こんな馬鹿馬鹿しい事に、付き合わなくていいよ！　斎希！」

結花には話は行っていないと、叔母は話していた。咄嗟《とっさ》に斎希は叔母を見るが、完全に無視される。

「あらあら、次期跡取りのお嬢様が来て下さって、話が早いわあ。岩井様、こちらは九條家の正式な跡取りで九條結花と申します。今年で十八歳ですが、まだ跡取りの儀式を行っていないので、今宵《こよい》はこの斎希でお遊び下さい」

その言葉を合図に、斎希の周囲にいた女衆が斎希を岩井へと押し付ける。そして結花を宥《なだ》めようと、祖母が近づくが気の強い妹は靴のまま広間へ上がり込んでくる。

明るい茶色に染めた髪に、この辺りでは珍しい派手な化粧と足を露出するショートパンツ姿の結花は、それだけで迫力があった。特に流行《はや》りに疎《うと》い年寄り達は、目を剝《む》いて結花を化け物か何かのように凝視している。

「どうして、結花……」

「携帯に電話が来たのよ。『お金を毟《むし》り取れそうな人を呼んであるから、早く本家に戻って結花が結婚しなさい』なんて、勝手にべらべら喋《しゃべ》ってくれたわ。というわけでお祖母様、頭の悪い妹さんを持つと大変ね。わたしは政略結婚なんてしません、斎希も渡さないわ」

部屋の隅で小さくなっていた祖母の妹へ、一斉に親族達の冷ややかな視線が集まる。本人は誉められる事を期待していたらしいが、結花の言葉で己《おのれ》の失態に気づき真《ま》っ青《さお》になって震えていた。宴会の場は、老婆の糾弾会《きゅうだんかい》に変わるだろうけれど自業自得だ。

「斎希そういうわけだから、早く帰ろう」

斎希を押さえつける親戚達を、勢いだけで引き離す結花を必死に宥める。

「ちょっと待って。岩井さんと話を合わせていれば、僕たちは九條家から解放されるかもしれないんだ」

「そんな甘い言葉、信じてるの？　斎希ってば、お人好《ひとよ》しすぎるよ！」

身長や体格は結花の方が小柄だけれど、迫力は祖母以上だ。

「在学中は本家と関わらないって、約束もあるんだから。何言われたって気にしなくていいの！」

強引に斎希を立たせ、連れ出そうとする結花を阻止したのは意外にも岩井だった。

「つまり、結花さんは私と斎希が一緒になることが嫌なんだね」

「アンタ誰？　ともかく斎希に勝手な事しないで！」

「でもこの子は、九條家から俺への正式な貢ぎ物なんだろう？　ならもらうのが筋だ」

言うなり九條は呆然《ぼうぜん》としている斎希の顎《あご》を摑み、皆の前で口づけた。

――え……？

立て続けに起こった想定外の事に、斎希は混乱して言葉も出ない。強引なキスは触れるだけのあっさりとした物だったけれど、これまで恋愛すらしたことのなかった斎希にしてみれば、余りに衝撃的すぎた。膝《ひざ》から崩れそうになる体を、岩井が支えて立ち上がる。

「ついでだ、結花さんも連れて行こう」

「ちょっと！　あんた斎希になにすんのよ！」

怒鳴《どな》る結花に余裕の笑みを返し、岩井が斎希を肩に担ぎ上げた。

「岩井様、お待ち下さい。その斎希は好きにして構いませんが、その……家から出すのは……それに結花はまだ正式に跡継ぎの儀式をしていませんので」

「私に意見するのか？　この土地の値を考えれば、安いものだ」

岩井が一睨みすると、追いすがってきた祖母の足が止まる。

家長である祖母が逡巡《しゅんじゅん》した事で、他の親戚《しんせき》もどうしたらいいのか分からずその場でおろおろと視線を交わしているだけだ。

「近日中に、開発の件も含めて秘書に連絡させる。それでよろしいですね」

決して怒鳴っていないのに、九條の親族達は皆怯《おび》えた様子で黙り込む。それだけ岩井の声には、えもいわれぬ迫力があった。

「結花さん、君も一緒に帰ろう。残っても、いい事はないようだし」

「え、あ……はい」

小声で告げられた結花が一瞬困惑の後、状況を理解して頷く。

――この人、分かってやってるんだ。

九條家が単なる守銭奴《しゅせんど》ではなく、古く理不尽なしきたりに縛られていると知っている。でなければ、この家で重要でありながら立場の弱い二人を連れ出すなんて筈がない。

いつの間にか岩井が、空いた片手で結花の手を掴んでいた。祖母の指示がなければ何もできない親戚達を尻目に、岩井は玄関を出て庭に待たせてあった車へと乗り込む。

所謂《いわゆる》リムジンで後部座席がやけに広い。ドアが閉まると、運転手は直《す》ぐにエンジンをかけて九條の屋敷から出てしまう。

喧騒《けんそう》から離れ、先に落ち着きを取り戻したのは結花だ。

「斎希をどうするつもり」

「同じ顔なら、俺は大人しい方が好みだ。折角頂いたんだから、婚約者として連れて帰るよ」

あの騒動すら楽しんでいるかのように、岩井が口の端を上げて言う。すると途端に、結花の表情が険しくなった。

「勝手な事を言わないで」

「結花。僕なら大丈夫だから。それに岩井さんがいなかったら、僕達……本家に監禁されてたかもしれないんだよ」

諭《さと》すように言うと、結花も唇を噛《か》んで黙り込む。祖母を相手に啖呵《たんか》を切ったが、まだ正式な跡取りでない結花にはなんの権限もないのだ。

——僕はともかく、結花が捕まれば大変だ。こんな所で岩井さんに喧嘩《けんか》を売るようなことをして、機嫌でも損ねられたら……。

「本家の人たちが、何をするか分からないのは結花も分かっているだろ？　むしろ岩井さんの所へ連れていってもらえた方が、安全だと思う」

正直な所、初対面の相手に頼るのは申し訳ないし不安でもある。しかしこのままアパートへ戻っても、親戚に連れ戻される危険性が高い。

先程の騒動で、岩井が一筋縄ではいかない人物だと祖母達も警戒した筈だから、別の取引相手に自分を差し出そうと考えるかも知れないのだ。岩井の本心は読めないが、今の自分が本家から逃げるには彼の力が必要だろう。

「話はついたようだね。結花さんは、家まで送ろうか？」

本家から逃げるために今は岩井の協力が不可欠と理解はしたようだが、結花は気持ち的には納得していないらしい。

「近くの駅までで大丈夫です」

「結花！　意地を張らないで。すみません、岩井さん。できれば人の多い駅で降ろして下さい」

せめてもの反抗とばかりに言ったのだろうけど、最寄りの駅は三十分に一本しか都心へ向かう電車が来ない。電車を待つ間に、本家の息のかかった者と鉢合わせでもしたら、結花の身が危険だ。

「分かってるよ。女の子をこんな所で放り出す程、無責任じゃない」

言い募ろうとした結花を、斎希は肩を抱いて窘《なだ》める。自分達に与えられた選択肢は少ないのだと小声で告げると、悔しそうに顔を歪《ゆが》めた。

「斎希もわたしも……あんな家、大っ嫌いなのに。本家だって、村を出て暮らしてるわたし達のことを嫌ってるんだから、別の人を跡取りにすればいいじゃない」

同じ事を斎希もずっと思っている。

だが、苦しい胸の内を、言葉にすることはなかった。どう足掻《あが》いても、自分はあの家から逃げることはできない。女性として戸籍登録をされている以上、まともな生活は望めないと理解している。でもそんな事を言えば、結花は斎希の性別を正しく変更させることを条件として、本家に戻るだろう。

――そんなことは、させられない。

大切な妹は、本家を離れ小石川という恋人と同棲している。大学を卒業したら本家に戻る約束だが、勿論斎希はそんな事をさせるつもりはない。

「本当に、家まで送らなくてもいいの？」

さりげなく岩井に視線を向けると、彼も同意見なのか困惑した様子で見返してくる。しかし結花は、きっぱりと断りを入れる。

「一人でゆっくり考えたい時もあるのよ。それに、人の多いところで攫う度胸は、本家の連中にはないわ」

一度こうと決めると、結花は頑として譲らない性格だと斎希は知っている。今回の事で相当怒っているのは察せられたから、せめて無茶をしないようにと、斎希は釘《くぎ》を刺す。

「結花。戻ったら、暫くは外に出ないってこれだけは約束して。お願い。仕返しなんて、馬鹿な事考えたら駄目だからね」

「……そこまで言うなら……でも斎希も、この人が変なことをしたらすぐに連絡してよね。こっちの事情を知ってるのに、斎希に手を出した人なんて、わたしは信じられないの！」

余程頭にきているのか、睨み付ける結花に岩井は苦笑を返すだけだ。

そのまま車内は、気まずい沈黙が落ちる。結局、在来線が数本乗り入れる駅に着くまで、三人とも無言で過ごすこととなった。

改札に入った結花を見届けると、岩井が運転手に指示を出し再び車は走り出した。

「すみませんでした。結花、普段は礼儀正しいんですけど……」

「気にすることはないよ。彼女が混乱するのも、仕方ない。それに文句を言いながら、車を降りるときは頭を下げただろう。失礼な事をしたって、自覚もあるんだよ」

結花の非礼を怒るどころか、岩井は理解すらしてくれる。彼がどこまで九條家の内情を知ってるのかは分からないけれど、男である自分を女装させた上、体での接待を強制する本家は一般的に見れば異常だろう。こんな厄介《やっかい》ごとに関わって、普通なら適当に融資を断れば済むのに、岩井はあえてそうせず、自分と結花を助けてくれさえした。

「……あの」

「着物、苦しくないかい？　この辺りだと大型スーパーしか着替え売ってそうな場所はないけど。スエットくらいならすぐに買えるよ」

「いえ、平気です」

「だったら、私のマンションに着くまで、少し眠っていればいい。喉《のど》が渇いてるなら、ミネラルウォーターもある。今の君に必要なのは、精神的に落ち着くこと」

車に備え付けてある簡易冷蔵庫から、適度に冷えたミネラルウォーターのボトルを出して、渡してくれる。

「詳しい話は、着いたら聞くよ」

ここまで関わってしまったのだから、聞く権利はある筈だと岩井は言外に仄《ほの》めかす。斎希も誤魔化したところで意味がないと観念し、ペットボトルを受け取ると素直に頷いて口を付けた。

――緊張してたんだ。

冷たい水が喉を滑り落ちると、急に体の力が抜ける。すると急に睡魔が押し寄せてきて、斎希は蓋《ふた》を閉めるとうつらうつらと微睡《まどろ》み始める。

高速に乗ったのか、車の振動が心地よく眠気を誘う。いつの間にか斎希は眠ってしまっていたらしく、気がつくと車はマンションの地下駐車場へ入っていく所だった。

「ここは？」

「都内にある、私のマンションだよ。当分はここで生活してもらう。婚約者なんだから、当然だよね」

優しく微笑《ほほえ》む岩井に、斎希は少し不安になった。

連れ出してくれたのは有り難《あがた》いが、それはあくまで斎希と結花をあの異常な家から逃がすという名目とばかり思っていた。

しかし岩井の様子からすると、本気で自分を婚約者として扱う気でいるらしい。

岩井は運転手に何事かを命じ、家を出たときと同じように斎希を抱き上げて、エレベーターへと歩き出した。ふと振り返れば、車は駐車場を出て行くのが見えた。

「歩けます」

「草履がないと、足を痛めるよ。それにこの方が、面白いじゃないか。攫われて怯える婚約者を抱いて、部屋に連れていく。こういう非日常的な事は、なかなか体験できないからね」

「……はあ」

九條家で話したときは、いかにもエリート的な振る舞いだったのに、気がつけばかなり砕けた口調で話していると気がついた。

岩井の意図が益々摑めなくなり、斎希は横抱きにされたまま、両手を握りしめる。

「人に見られたらって、緊張してる？　大丈夫だよ、このエレベーターは私の使うフロアに直結しているから」

「フロアって、一つの階を全部使っているんですか」

「そうだよ。フロアごと買い取って、私好みの間取りにしたんだ」

どうやら岩井という男は、相当な金持ちらしい。リゾート会社を経営しているとは聞いていたが、明らかに二十代半ばの男の住居にしてはおかしいと斎希も思う。しかし、初対面の相手にこれ以上突っ込んだ話をするのは失礼だし、本当に岩井が暫く置いてくれるなら、そ

れとなく彼の私生活を見る機会もあるはずだ。

——興味本位で聞いたところで、僕には関係ない事だし。

乗り込んだエレベーターは最上階で止まる。とはいっても、マンション自体は低層らしく、五階までしかない。

「周りに高い建物はないから、眺めはいいよ。婚約者と同棲生活をするには、雰囲気あっていい部屋だと思うんだ」

「ですから、僕は婚約者じゃありません」

「はいはい」

斎希の言い分を適当にいなし、岩井が片手で器用にドアを開ける。

フロアごと買い取ったと言っていたが、ワンルームを三つばかり纏めただけと勝手に思い込んでいた。けれど斎希が目にしたのは、九條本家よりも明らかに広いスペースと、洗練された家具の置かれたモデルルームのような空間だった。

元の形は分からないが、恐らくファミリータイプの４ＤＫを五部屋ほど繋げて使っている。

「こんなマンション、あるんだ……」

「あ、適当に座って」

言われるままリビングのソファに腰を下ろすと、岩井が木目調のシックなテーブルを挟んだ向かいの椅子《いす》に座る。そして徐《おもむろ》に眼鏡を外し、面倒そうにネクタイを緩めてにやりと笑う。

ただそれだけなのに、一瞬前までの印象とはがらりと雰囲気が変わる。

堅実なインテリから、いかにもチャラそうな、繁華街でホストをしていると言われても信じてしまいそうな男に変わった岩井を前に、斎希はぽかんとして彼を見つめてしまう。

「あ、驚いたね？　今までのは演技って言うか、仕事用の顔を作ってただけ。本当は生真面目《きまじめ》なの苦手でさあ。でも一応社長だし、それなりの威厳ての？　作ってないと舐《な》められるんだよ。まあ、斎希ちゃんの前なら本性出してもいいかなって思ってさ。婚約者だし」

『婚約者』という点に反論を試みるが、それより早く岩井が切り出す。

「さてと、お互い聞きたい事はあるよね。まず君の情報から教えてもらえないかな？　多少調べてあるんだけど、一応確認て事で。俺も仕事に差《さ》し障《さわ》りのない範囲でなら答えるから」

初対面の相手の言葉をどこまで信じればいいのか分からなかったが、ともかく斎希の抱える事情を説明しなければ話は進まない。

「改めてご挨拶《あいさつ》します。九條斎希、十八歳。戸籍上は次女ですが、見ての通り、男で結花の兄です。結花は双子の、妹になります」

「半陰陽《はんいんよう》ってやつ？　それと、結花さんは妹ってどういう事だい？」

一般には余り知られていないが、男女両方の性を持つ先天性の『半陰陽』と呼ばれる状態があるのは斎希も高校に入ってから知った。というか、街から赴任してきた教師が、九條家の内情を知らず、男性であるのに女性として戸籍に登録されていると偶然知り、尋ねられたのがきっかけだ。その教師は一学期が終わる前に、一身上の都合で学校を辞めている。

「そういった症状ではなくて、本当に男なんです……祖母がどうしても、本家に産まれる子供は女性にしたいって騒いで。だから役場に圧力をかけて、無理に性別を変えて女性として届けを出したんです」

警察沙汰《ざた》になってもおかしくない事だが、時代錯誤で九條家の権力が絶大だった当時は子供の性別を偽って届けても、周囲は見て見ぬ振りをしていた。

「結花がいるから男のままでもいいと両親は反対したそうですが、何かあったときには僕を形だけの当主に据えると言って聞かず……」

「随分と変わった一族だね。つまりは、女系の流れを変えないように、確実に『女性』が継ぐっていう形式を取りたがっているのか」

「そんなところです」

驚いた様子だが、あの騒ぎを見れば九條家が本気で女系を貫こうとしていると誰だって理解するだろう。

「ならどうして、そんな君を私に差し出すような真似をしたの。酷い事を言うけど、九條家としては、君は隠しておきたい存在じゃないのかい？」

「ええ、でも祖母は結花を溺愛しています。昔から親族の男が触ることさえ、許しませんでした。ですから僕が……」

「生け贄って訳か。嫌がる子を無理矢理ってシチュエーションは好きだけど、お膳立《ぜんだ》てされたのは気に入らないね」

どこか論点のずれた岩井の怒りを聞き流し、斎希は自分の考えを伝える。

「祖母は最初から、結花を岩井さんに嫁《とつ》がせる計画だったと思います。今は事情があって、結花は家を離れているから……一時的に僕が身代わりになれと、本家に言われてました」

初めはその場だけを取り繕えばいいとの話だったが、蓋を開けてみれば斎希は結花が到着するまでの時間稼ぎに使われる事が決まっていた。斎希に体を差し出させて岩井を引き留め、結花が来たら強引に結納を執り行う気でいたのだろう。結果として、祖母の妹が先走り結花の到着が早まったせいで場が混乱し逃げることができたのだ。

「落ちぶれても、しきたりには煩《うるさ》い祖母です。結婚式当日までは、結花を傷物にしたくはなかったんだと思います」

自分はあくまで、岩井を九條家に繋ぎ止めておくだけの時間稼ぎでしかなかったと、斎希は淡々と説明する。

「なる程ね。君も結花ちゃんも、完全な被害者だな。逃げるなら、手伝うよ」

「ありがとうございます――それと僕から岩井さんに、質問していいですか」

「ああ」

「どこまで知っていたんですか？」

最初は斎希自身も騙さないとならなかったので、あえて跡取りの証《あかし》である翡翠の帯留めまで付けさせるという本家の用意周到さに、今更驚いてしまう。しかし、岩井が斎希を抱こうとして帯を解けばすぐに男と気づかれる。いや、実際には一目で男と見抜かれていた。

「僕が男だって分かっていたんでしょう？　なのにわざとあんな真似までして……」

口づけ、とは言いたくなくてなんとなく濁してしまう。

「俺が遊んでるってのは、ちょっと調べれば分かる事だよ。気に入れば性別も気にしないからね。多分だけど、俺の取り巻き辺りが余計な事を吹き込んだんじゃないかな」

衝撃的な告白より、斎希としては実家が第三者の意見を尊重したという点に驚きを覚える。代々女性が家長を務めるので、男尊女卑とは真逆の環境だ。けれど考え方に偏りがあり、特に年寄り連中は自分達の常識と捉《とら》える範囲しか耳に入れない。

――あの人たちが調べる？

眉《まゆ》を顰《ひそ》めた表情から察したのか、岩井が苦笑交じりに続けた。

「入れ知恵したのがいるんだろうね、もし嘘の情報だったら相手によっては大変な事になってるよ」

「大変な事？」

「同性が好きだって思い込みで噂《うわさ》でも流したりしたら、九條家は名誉毀損《きそん》で訴えられる可能性もあった。俺としては、斎希ちゃんが巻き込まれなければそれでいいけど」

一体岩井が何を考えているのか分からないけれど、少なくとも悪人ではなさそうに思える。

でも話をするうちに冷静になってくると何故《なぜ》あの場でキスをしたのか、ますます理由が分からない。親戚達を牽制《けんせい》するには、岩井が取り引きを持ち出せば十分可能だったはずだ。

「もしかして、キスしたこと怒ってるの？」

斎希が困り果てていると、表情から読み取ったのか、なるべく思い出したくない記憶をいきなり指摘される。

「あの程度のお遊びで怯えるなんて、やっぱり可愛いな」

口ぶりからして、岩井にとってはキスなど挨拶程度の物でしかないらしい。気に入れば同性でも構わないと公言しており、それを知られても平然としているのだから斎希とは羞恥《しゅうち》心《しん》の感覚が全く別の所にあるのだろう。

「次はもっと、濃厚なキスを教えてあげるね」

とても楽しそうに岩井は言うが、斎希はとても笑えない。顔だけでなく首まで真っ赤になり、両手を握りしめて怒鳴る。

「茶化さないで下さい！」

大体、キスは恋人同士がするものだ。それを遊びと言ってのける岩井の神経が、理解できない。羞恥と怒りで、頭の中がくらくらする。

「落ち着いてよ、話はまだ終わってないんだから」

話を持ち出したのは岩井の方なのに何故か斎希が悪いような雰囲気になってしまう。

「とりあえず、質問に答えるけど。俺が知っているのは、九條家が困窮している事と、時代錯誤な家だって事くらい。土地は欲しいけど、大金積んでまで手に入れる価値はないから、今日の訪問は九條が条件に何を上乗せしてくるか確かめに来たんだ」

「じゃあ、契約は最初からする気がなかったんですね」

本家に対して、同情心など全く無い斎希でも、面白半分に期待を持たせ接待をさせようとした岩井の行動に怒りを覚える。

「君の言うとおり、結花ちゃんと既成事実を作らせるつもりでいたとしても、俺はヤることやったら適当に誤魔化して逃げただろうね」

「最低だ」

「自分でも、そう思うよ。けどもし結花ちゃんを差し出されても、手は出さなかったろうなあ。気の強い女の子は、最近飽きてたとこだから。でも君は面白いね」

徐に立ち上がると、岩井が斎希の隣に座る。何をするのかと身構えると、不意打ちで口づけられた。

「やっ」

ぱん、と頬を叩《たた》く乾いた音がやけに大きく響く。

「あ……すみません……ごめんなさい……」

直ぐ側にある岩井の左の頬が、赤みを帯びる。驚いたとはいえ、他人をぶってしまった事に、斎希は混乱した。

「ごめんなさい、僕……」

「ちょっと困ったな。君は俺のものなんだから、その自覚は持ってくれないと」

「岩井さんの、もの？」

「俺に反抗すれば、乗り込んできた妹さんが大変な事になるんじゃないかい？　あと、これ。言ってなかったけど、跡取りの証だって知ってるよ」

いつの間にか翡翠の帯留めが抜き取られ、岩井の手に握られているのを見て愕然《がくぜん》となる。

「やっぱり、九條家の土地が欲しいんじゃないですか？」

でなければ、こんな脅《おど》しはしないはずだ。

「いや、面白そうだからちょっと関わってみたくて攫ったんだ。本当だよ」

悪びれない岩井に、背筋がぞくりと震える。

優しい笑顔だけれど、その目は笑ってない。

「どうしたの、恐い顔して」

「岩井さんて目が笑ってないですよね……、嫌な感じです。面白いって、どういう意味ですか？　困ってる僕達を見るのが、面白いんですか？」

そう指摘すると岩井が真顔になる。怒らせたかと思ったが、岩井は観察するように斎希を眺めいきなり吹き出す。

「いいね、予想以上だ。俺は欲しい物は大抵手に入るけど、君みたいに心から困っている哀れな少年を見つけ出すのは難しい。それを芝居じゃなくて、本気で買えるなんて楽しいじゃないか。それも合法でだよ」

岩井にとって、この騒動は遊びの延長でしかないらしい。

「そんな性格だと、いつか刺されますよ」

「そうかもね」

あっさりと認められて、斎希は言葉を失う。

「どうしようもない俺が、自分の楽しみのために気まぐれで人助けをした。それだけ」

何を考えてるか分からない変な人だ。

睨む斎希にへらりと笑ったその顔は、人なつこさと格好良さが混ざり合って、何故か目が離せなくなる。

——黙っていれば、格好いいのに。ってなに考えてるんだよ。

「それじゃこれから、君は俺の婚約者って事でこのマンションで生活して」

「はあ？」

「玄関から出なければ、自由にしてていいから。寝るときは、俺のベッド使って。来客用のパジャマはバスルームにあったはずだし。食事は適当に頼んで。近所の店は俺の名前知ってるから言えば通じるし」

一方的に捲《まく》し立《た》て、岩井はデリバリーパンフレットを数冊テーブルに置く。

「あの岩井さんは？」

「俺はこれから会議で出かけないといけないんだ。多分徹夜になるから、適当に食べて寝ちゃってて。明日の昼には戻るよ」

——僕が逃げるって、考えないのかな。

「ああ俺が留守《るす》の間に、逃げようとか考えてる？　でも無理だよほら」

抜き取られていた帯留めを改めて目の前に出され、斎希は手を伸ばすけれど当然返してもらえるわけもなかった。

「これって大切なんだよね？　それにどこへ逃げるの？」

甘い笑顔なのに、また目が笑っていない。得体の知れない恐怖感に襲われ、斎希は動けなくなる。

岩井は何も言わないが、彼の一存に斎希と結花の人生がかかっていることくらいは理解した。

項垂《うなだ》れる斎希の頭を、やけに優しく岩井の手が撫でる。それまでの酷い言動など嘘のように、慈しみが込められていた。

「それじゃ行ってきます。斎希ちゃん、いい子でお留守番しててね」

警戒したほうがいいのに、優しい言葉と温もりが斎希の心を揺るがせる。

「俺の言う事を聞いていれば、悪いようにはしないよ」

「岩井さん……」

「そこは、『あなた、行ってらっしゃい』だよ」

眼鏡をかけて仕事の顔に戻った岩井が、にこやかに微笑む。でも彼の望む言葉を言う気にはなれず、黙ってしまう。

それに対して怒りもせず、岩井は無言で立ち上がり部屋を出て行った。


言葉通り、岩井は翌日の昼過ぎに戻ってきた。

本当に徹夜で会議だったらしく、出て行った時には持っていなかった書類鞄《かばん》とノートパソコンを抱えている。疲れた様子だったので、そのまま寝てしまうのかと思ったが、岩井はシャワーを浴びて私服に着替えると、まるで長く付き合いのある相手に対するように甘えてくる。

「一人暮らしを始めてからは、外食とレトルトばっかりだったんだよねー。だから斎希ちゃんの手料理が食べたいなあ」

「料理は作れますから、家事はしますけど……それと、『ちゃん』付けは止《や》めて下さい。僕は子供じゃありませんし、あなたと親しくもない」

「でも俺の婚約者なんだから、好きに呼んでもいいだろう？　俺の事は、ダーリンて呼んでくれてもかまわないよ」

冗談としか思えない提案を無視して、斎希はキッチンに立つ。本家にいた頃から家事はやらされていたので、三十分もあれば数品は作れるのだ。

味だって、かなり自信はある。

——本家で召使いみたいな生活してたのが、こんな時に役立つなんて。

皮肉なものだが、ここで岩井の機嫌を取っておけば後々役立つかもと考えながら手早く調理する。

「岩井さん。食事ができました。さっさと食べて下さい」

渡されたパンフレットの中に、高級スーパーの物もあったので朝一番で電話をして最低限の食材は用意しておいた。

どうやら岩井は相当なお得意先らしく、電話をして一時間もせず届けてくれたのは正直驚いた。

しかしスーパーの店員も、普段は総菜とパンしか頼まない岩井が生野菜や魚の配達を頼んだのが意外だったらしい。

最初は応対に出た斎希に怪訝《けげん》そうな態度だったが、機転を利かせ『大学の進学で居候《いそうろう》させてもらってる、遠縁の親戚です』と言うと、納得した様子で帰って行った。

その際、初対面にも拘わらず配送の担当者から『食生活には、気をつけてあげて下さい』と言われたから、相当酷いのだろう。

実際に昨夜の時点で冷蔵庫の中にあったのは、野菜ジュースとコンビニのサンドイッチだけという惨状で、呆れを通り越して泣きそうになった程だ。

「野菜炒めと、焼き鮭。だし巻き卵までついたご飯なんて、何年ぶりだろう――キュウリの浅漬けもある。美味《おい》しい」

涙目になりながら食事をする岩井に、斎希は呆気にとられた。攫ってきた斎希を油断させるために演技しているようには、全く見えない。

「……炊飯器壊れてましたから、ご飯は鍋で炊いたんです。後で買ってきて下さい。それと、食器も足りないので、必要な調理器具と合わせてリストアップしておきます」

頷きながら笑顔で二杯目のお代わりを要求する岩井は、ごく普通の青年に見える。

背広を着ておらず、インテリ風の眼鏡をかけていないせいもあって、一見親しみやすい雰囲気だ。

茶色に染めた髪は猫っ毛のようで、だらしなく毛先が跳ねている。

けれど昨日の出来事も、斎希は忘れていない。笑顔で思い通りに事を運んでしまう岩井は、相当なやり手だ。仕事が絡めば、穏やかな表情は消えて己の利益を求める性格に豹変《ひょうへん》する。

「あれ、斎希ちゃんは食べないの？」

「僕は先に頂きました。食後のお茶は、ほうじ茶で良かったですか？」

「ああ、和食の時はほうじ茶で、洋食はお任せするよ。それと午前と午後のおやつ時には、甘いカフェオレがいいな」

「分かりました」

言われた通り支度《したく》を始めると、背後から笑いを含んだため息が聞こえてくる。

「――マジで惚《ほ》れそう。お嫁さんにできないかなあ」

男を捕まえるには、胃袋を摑むのが一番、と以前結花が力説していたのを思い出す。

――失敗、したかも。

気さくに会話ができる関係にはなれたようだが、むしろ面倒な事になりそうだ。聞こえなかったふりをして、斎希は淡々とカフェオレを淹《い》れた。


その日から、岩井との奇妙な同居生活が始まった。

キスをされ、婚約者として振る舞えと言われたので、いかがわしい事を要求されるのではと身構えていた斎希だが、予想に反して岩井は何もしてこない。

ただ客用の寝室や、使っていない部屋はありあまっているにも関わらず、岩井と同じ部屋で生活する事だけは命じられた。

恐らく斎希が勝手な行動を取らないよう、監視するためでもあるのだろう。

なのでしている事といえば、家事だけだ。

——専門学校。無断で休んでるけど……結花が連絡いれてくれてるよな。

携帯電話を取りに戻ることも許されておらず、文字通り本家から身一つで連れてこられた状態だ。

生活必需品はデパートの外商、食材は近場の高級スーパーの配達で買うように言われ、金銭面の負担は全て岩井が持ってくれている。

近所に散歩がてらちょっとした雑貨を買い出しに行く程度は許可されていたが、それも岩井が家に居る時だけだ。

一度この軟禁生活に反抗したが、あの意地の悪い笑みと共に帯留めを見せられ黙るしかなかった。

『大人しく従っていれば、帯留めは返す』と言われた事を信じ、斎希はいつ終わるとも知れないこの同居を続けているのである。

「——九條家はこの帯留めに拘ってるね。俺も仕事柄、もう少し調べたいことがあるから君には婚約者になっててほしいんだ」

仕事のない時は本当に暇なのか、岩井は殆どを家で過ごす。

今日も昼近くに起きてきて、何が書いてあるのか分からない書類とノートパソコンを眺めて時間を潰している。

テーブルには、斎希の淹れた甘いカフェオレが置かれ、日に五回はお代わりをするほどの甘党だ。

真面目だったり、チャラかったりする外見からは連想しにくい味覚だけれど、岩井は『ミルクと砂糖が大量に入っていないと嫌だ。それと斎希ちゃんが淹れたカフェオレがいい』と子供っぽい主張をする。

最近では斎希も、どのタイミングで岩井がカフェオレを欲しがるか、予測が付くようになってしまっていた。酷い事をしておきながら、こうして妙に人なつこいような主張をするから、なんだか憎みきれない。

今もカフェオレを飲み干し、仕事が一段落した岩井が、締まりのない笑顔を浮かべ斎希を手招く。こんな時は、大抵下らない事を命じられるから嫌だ。

「斎希ちゃん膝枕して」

「嫌です」

「いいじゃない。俺だって斎希ちゃんじゃなかったらお願いしないよ」

本当は適当に家事をしつつ、隙《すき》を見て九條の情報を得るか帯留めを取り返そうと考えていたけど、余りに岩井が適当すぎる生活をしているので、世話焼きの斎希は口も手も出してしまう。

元々器用で、家事は完璧にこなせる。

斎希としては当然のことをしているだけでも、岩井は魔法使いでも前にしたように、料理や掃除の腕前を誉めるのだ。人間、誉められて嬉《うれ》しくなるのは当然だ。

それに、これまではどれだけ心を尽くして家事をしても嫌味しか言われなかった環境と比較すると、まさに天国と地獄である。

結局斎希は、自分から家事仕事を増やし、まるで花嫁修業をしている状態だ。

おまけに、岩井は一度気を許すととことん甘えるタイプらしく、なんだかんだと理由を付けては斎希に抱きついたりおやつのリクエストをしたりと、まるで子供のような言動をする。

これまで第三者から甘えられたことなどない斎希にとって、岩井の行動は予想外のものばかりだ。命令には慣れていても、お願いには慣れない斎希は、相手が帯留めを奪い自分を脅していると理解しつつ、つい甘やかしてしまう。

——普通に出会ってたらよかったのに。っと、何考えてんの僕！　……流されたら駄目だ。いくら岩井さんが甘えても、僕を油断させる作戦かも知れない。

信用と疑いの間で斎希の心は揺れていた。

「男の太股《ふともも》なんて、硬いでしょう？」

「うん。けれど戸籍上は女性だよね」

屁理屈《へりくつ》で話を逸《そ》らされ、斎希は膝に頭を乗せて楽しそうにしている岩井を睨む。

「最近、九條家がらみで君の事をかぎまわっている連中が、ちらほらいるんだ。だから外出するときは、女性として振る舞って欲しい」

まさか女装をさせる気かと身構えるが、見透かしたみたいに岩井が声を上げて笑う。

「スカートでも穿《は》かせると思った？　斎希ちゃん可愛いし、振り袖姿も似合ってたけどそこまでさせるつもりはないよ」

からかわれているのかと思ったが、そうではないらしい。

「ちょっと女の子っぽい雰囲気の格好して、首回りをストールなんかで隠してくれればいいから」

「岩井さんが、何を企んでいるか分かりませんが、暇つぶしで僕達の人生を弄《もてあそ》ぶのは止めて下さい。ただ……それで結花を守れるなら、どんな服でも着ますけど」

女装は嫌だけど、結花が関わるとなれば別だ。そう言うと、珍しく真顔で見つめてくる。

「本家での騒動の時にも思ったけれど、君たちは随分と仲がいいんだね」

「自覚はあります」

本家を出て、都内で生活するようになってから、兄妹のいる友人も多くできた。皆は斎希の事情など当然知らないので、何気ない雑談でそれぞれの家族の失敗談や兄妹の愚痴《ぐち》などを話す。それらを聞くうちに、改めて自分達家族が一般的なものから外れているのだと思い知らされた。

「……両親とは、七歳の時に引き離されてそれきりです。僕も結花も、あの本家で育てられましたけど、当時から異常だと気づいていたので、祖母の考えに染まることはありませんでした」

事あるごとに、斎希は祖母から難癖を付けられ罵《ののし》られた。一方結花は、次期跡取りとして期待され、蝶《ちょう》よ花よと大切に育てられた。

しかし、泣き叫ぶ両親から強引に引き離された光景を忘れられない二人は、扱いに差があっても互いに壁を作ることはなかった。むしろ周囲が斎希に理不尽な態度を取れば取るほど、結花は斎希を守るようになり、斎希もまた心優しい妹に心配をかけまいとして気丈に振る舞った。

「僕と結花は、あの本家で人の恐い部分を多く知りました。だからせめて、お互いだけはあんな家に染まらず真っ当に生きようと励まし合ってきたんです」

時が経《た》つにつれて、逃げられないと理解し心が折れそうになったときもあるけれど、それでも自暴自棄《じぼうじき》にならなかったのはお互いが支えになっていたからだ。

「大体は理解したけど。それにしても、今時そんな家があるなんて驚きだよ。そりゃあ、実

際に体験したけど、どうも現実味がないんだよね」

聞いておきながら、あまり興味がないような返事を返す岩井に流石にむっとする。

「そんなに九條の家が嫌なら、さっさと逃げればいいのに」

「だから、僕は戸籍を弄られているし。結花もそれを心配してくれてるから、側にいてくれたんです」

理不尽だけれど、一族はどんな手を使っても結花を跡取りに据えて、九條家の再興をするつもりだ。

古い考えに凝《こ》り固まっている親戚達の中にいるのは、確かに苦痛だった。何度か結花だけでも逃げるチャンスはあったものの、斎希を置いて逃げるわけにはいかないと泣きながら説得され今に至る。

「結花の恋人が、行動力のある方で。僕もその人のお陰で、あの家から一時的に出られました。だから今のうちに、自分の力で生活できる力を身につけたいんです」

どう足掻いても戸籍ばかりはどうにもならないが、万が一の可能性を考え手に職を付けていた方が有利になると判断した結果だ。

「でもね、その結花ちゃんだけど……本家は地元の有力議員に声をかけて勝手に見合い話を進めてるよ」

「え……結花は……」

「知らないだろうね。俺もさっき、部下からメールで知らされたから」

ノートパソコンを指さし、岩井が何でもないことのようにとんでもない話を始める。

「相手が乗り気になれば、その恋人とやらに構わず連れ戻すつもりだよ？」

「でも結花の居場所は、秘密で……」

はっとして口を閉ざすが、岩井は聞き逃していなかった。

「やっぱりね。俺の情報網でも引っかからないから、かなり巧妙に潜伏してるんだとは思ってたよ。帯留めと引き替えに、君から聞き出すのもアリだけど、今はまだ、メリットがないからなあ」

カフェオレを飲み干した岩井が、整った顔に笑みを浮かべる。黙っていれば同性でも見惚《みと》れるほど格好いい。

しかしこんな顔をする時は要注意だと、最近分かるようになってきていた。

「君がいてくれると便利だし、なにより困った顔が可愛いから手放したくないんだ」

「……そんなに、僕達が苦しんでいる姿は面白いですか？」

下らない家のしがらみとは無縁の岩井にしてみれば、泥沼のドラマを間近で眺めている感覚なのだろう。苦しみを理解しない岩井に苛立《いらだ》つが、悪意は感じられない。ただ興味深げに観察する態度が、怒りを煽《あお》る。

だが文句を言ったところで、自分は彼に逆らえない。せめてこの気持ちを理解してもらいたいけれど、岩井の性格からして無理だろう。

「斎希ちゃん、カフェオレ淹れてよ」

空になったマグカップを差し出す岩井から、ひったくるようにそれを受け取る。

「どうして怒ってるの？　可愛い顔が台無しだよ」

斎希は無視を決め込み、キッチンへと足を向けた。


「何かあったんですか」

ダイニングでパソコンを眺めていた岩井は、目の前にカフェオレの入ったカップを置かれ顔を上げる。先に起きて朝食の支度をしていた斎希が、珍しいものでも見るような目つきで自分を眺めていると気づく。そういえば、朝からスーツを着るのは久しぶりだ。

「お昼頃、仕事関係の相手が来るんだ。早めに支度して、気持ちを仕事モードに切り替えないとね」

「普段から、きちんとした格好をすればいいのに」

「嫌だよ。面倒くさい」

ノートパソコンを閉じると、行儀悪くダイニングテーブルに突っ伏す。斎希は口煩いが、彼が来てからの生活は快適そのものだ。

「お客さんが来るなら、お茶を出しましょうか？」

「婚約者がいるのを知ってて来るデリカシーのない奴だ。ヤクザに半分足を突っ込んでるようなたちの悪い比良《ひら》って男でね、気にかけてやる程の相手じゃないからいいよ。斎希ちゃんは寝室でのんびりしてて」

どこか言い方が妙だと、斎希も気がついたらしい。

「隠し事、してません？」

「あ……やっぱ分かる？　あんまり斎希ちゃんには知られたくなかったんだけど、仕方ないか。俺の仕事って、表向きは華やかだけどその分変な連中も付きまとってくるんだよ。普通は追い払うんだろうけど、面倒だし使えるからなんとなく付き合いが続いてるのもいてね。今日来るのはその一人」

投資家の一族に生まれた岩井は、現在のリゾート開発業を立ち上げる際も、大して苦労はなかった。

資金も人脈も己の力でどうとでもなった。物心ついた頃から、自分の周囲には単純に友人と呼べる相手より、岩井の金を目当てに寄ってくる取り巻きが多いと気がついたが、一々追い払うのも面倒なので、そんな輩《やから》からは情報を得る代わりに働いた対価を払うという形で付き合いが続いている。

――今までは気にもしなかったけど、なんかこの子が来てから気まずいんだよね。

斎希は岩井の仕事を詮索《せんさく》してくることもなく、大人しく家事だけを真面目にこなしてくれる。勝手な行動をしないように、眠るときでさえ同じベッドへ入るように命じたが、少し不機嫌そうな顔になっただけで何も言わなかった。

当初は本当に監視が目的だったけれど、次第に自分の気持ちが斎希に惹《ひ》かれていっていると自覚してきている。

――あんな寝顔、見てると……罪悪感がわくんだよな。

斎希は気づいてないようだが、毎晩のように眠りながら涙を流す。本家の夢でも見て魘《うな》されているのかと思ったが、ただ静かに涙を流して眠る斎希に、らしくなく心が動いた。

正直な所、不自由な生活を強いられても逃げ出そうとしない斎希の考えは岩井にとって理解に苦しむ。本家は随分と酷い環境のようだが、閉じ込められていたわけでもなさそうだし自分の所へ来るまでは一人暮らしもしていた。妹が心配だという気持ちは分かるが、劣悪な環境から脱出するために肉親すら裏切るなんて話はいくらでも聞いた事がある。なのに斎希は、体を丸めて眠りながら自覚のない涙を流すだけで何もしない。それだけ心の傷が深いと表面的な理屈は分かったが、どう対処していいのか分からないのが現状だ。

「今更って思うけど、俺の汚い部分を斎希ちゃんに見せたくないなーなんて、ちょっと真剣に思ってる」

「本当に今更ですね」

ため息をつく斎希に、苦笑しか出ない。基本的に、斎希は真面目だ。これまでの人生を適当に生きてきた自分とは、真逆といっても過言ではない。時々その思考が理解できないときもあるが、概《おおむ》ね岩井は斎希を気に入っている。少なくとも、この不幸を全て背負おうとしている馬鹿な子供を助けてやりたいと思うくらいに。

だからこそ、自分の汚い部分も見せたくないのだ。

「岩井さんて、どうでもいいところで気を遣ってくれますよね」

「こんなに優しいのに、そういう事言う？」

「優しいって言うなら、帯留めを返して下さい」

「だーめ」

一瞬、しまったというように斎希が唇を噛むから、気にしていないことを伝えるためにわざと茶化す。帯留めを盾《たて》にしているのは、単に斎希が出て行かないように牽制するためだ。

斎希は脅しと思っているようだが、岩井にしてみればこんな物をもってアパートへ戻れば、あっと言う間に帯留めごと本家に戻されるだろう。

他人の人生なんて興味も無いし、踏み込むつもりもなかったけど、どうしてか斎希は気にかかっていた。必死に押し殺している感情を、寝ている間だけ垣間《かいま》見せる斎希。理不尽を我慢するなんて、一度も経験の無い岩井にしてみれば斎希の考えは理解しがたい。

かといって、今になって放り出すのも気が引ける。

――面倒は苦手な筈なんだけど……性格いい子が酷い目に遭ってるのを間近で見るとやっぱり良心が痛むっていうか。

言い訳のような事をとりとめもなく考えていると、目の前にチーズオムレツと程よく焼けたパンケーキが出される。調理の専門学校に通っていると言うだけあって、料理の腕はかなりの物だ。

「考え事してないで、早く食べて下さい。食事をしないと、頭の回転が悪くなりますから」

「ありがとう」

素直に礼を言うと、斎希は僅《わず》かに頬を赤らめる。他人から好意を示されることに、慣れていないのだと最近気づいた。

「ついでにさ、仕事が終わったら膝枕してよ」

「……なにがついでなんですか……」

何気ない言葉で笑ったり照れたりする斎希は、可愛いと思う。単純に顔立ちが好みであるというのも理由の一つだが、斎希の表情がころころと変化するのは見ていて楽しい。

「笑ってないで。冷めないうちにどうぞ」

比良が岩井の元に来たのは、約束の時刻を三十分近く過ぎてからだ。元々時間にルーズな男だが、最近は目に余る。

書斎に入ってくるなり、比良は愛想笑いを浮かべて数枚の紙を岩井の前に置いた。

「すんません。ちょっと用が長引きましてね」

謝罪はするが、本気で悪いと思っていないのは表情から読み取れる。猫背で小さな目を絶え間なく動かし、落ち着きがない。これで揉み手でもしていれば、ドラマなどに出てくる腰《こし》巾着《ぎんちゃく》そのものだと内心思う。

確か自分と似たような歳の筈だが、やけに老けて見えるのも特徴的な男だ。

「先日の会議も、無断欠席だったな」

「あれは、その……家内が急に熱を出しましてね」

「離婚したんじゃなかったか?」

「いえ、再婚相手ですよ。と言っても、内縁ですがね」

へらへらと笑う比良の言葉は、どうも胡散臭い。

遅刻だけではない。岩井の経営するグループの会議にも、ちょくちょく顔を出していたが最近は理由を付けて出席せず、こうして家まで訪ねてくる事が多くなってきている。

つまりは、比良にとって岩井は格下と思われてきているのだ。これまでも、仕事の進め方で意見が合わず離れたり、単純に別の職に就くからと、離れていく者もいたから珍しい事ではない。それに比良は、正社員ではなくあくまで個人的に取引先とのお膳立てをする情報屋だ。利害だけで繋がっている相手だから、いきなり連絡を絶たれても岩井側としては損害はない。

しかし、どうしてか比良はこれまで岩井の持つ権力を笠《かさ》に着て一目置かれていたのを勘違いしたらしく、雇い主である岩井の方を逆に『使っている』と考え始めてしまったようだ。

机に置かれた資料にざっと目を通すが、これといってめぼしい情報は書かれていない。むしろ、何を今更というような内容ばかりで、頭が痛くなる。

――切り時か。

利害が一致しなければ、使う意味はない。これまでの経験で、下手《へた》に情をかけても改善されることは皆無と知っている。

「比良……」

「そうそう、あれはどうしました？　結構な上玉でしたでしょう？　本家に聞いたら、連れて行かれたって騒がれたんでどうするつもりか気になってね」

あれ、とは斎希のことだ。岩井は九條の本家に、斎希を差し出すよう進言したのはこの男だと確信する。でなければ、九條家での騒ぎで何が起きたか知るはずもない。

「結構使ってるよ。料理は美味しいし、掃除洗濯もこれまで付き合った女の子よりよっぽど丁寧にやってくれる」

「……それだけですか？　勿体《もったい》ねえ」

特にセクシャリティを隠しはしていないから、これまでも似たような接待は受けたことがある。

しかし、何も知らない全くの素人《しろうと》を宛がわれたのは斎希が初めてだ。いくら遊び人として悪癖の噂が流れていても、素人に手を出さないのが岩井の主義だった。

「俺には十分だね。それに今は、あの子の体で遊ぶより九條の土地を調べる方が重要だ」

「はあ」

「お前は詰めが甘いからな。金儲《かねもう》けがしたいなら、もっと本腰入れて情報を集めろ」

「その資料だけじゃ、足りませんかね」

「本気で言っているのか？　岩井グループの情報網を舐めるな。お前のような半端な連中を使っているのは、簡単に調べられる物を報告させるためじゃない。あくまで岩井とは別に、独立した情報が欲しいからだ」

それまでの穏やかな表情は消し、岩井は社長然とした冷たい視線で比良を見据えた。このプライベートマンションへの出入りを許可しているのは、直属の部下と岩井が使えると判断した者だけだ。けれど、比良にはもう価値がないと岩井は断じる。

「二度とここには来るな。話があるなら、オフィスで十分だろう」

「岩井さんっ、待ってくれよ」

「お前の持ってくる情報に、価値がなくなったんだよ。認められたければ、相応の仕事をしろ」

なにか言いたげに上目遣いで見てくる比良を無視していると、自分の立場を悟ったのか猫背を更に丸めてすごすごと引き下がる。部屋を出て行くのを確認した岩井は、すぐに比良の代わりとなる人材を手配するよう秘書へ電話をかけた。


『のんびりしてて』そう言われても、斎希は何もすることがない。

先日買った文庫本は読んでしまったし、寝室は仕事を忘れて眠りたいという岩井の方針でネット環境すらないのだ。

——会わせたくないみたいだけれど。お客さんならお茶くらいは、出した方がいいだろうし。

九條の本家にいた頃にも、所謂ガラの悪い者達の出入りはあった。大抵は祖母に頭を下げ、金を借りる相談をしていたと記憶している。

祖母や本家筋の家族は、そんな連中に恩を売ることで手駒《てごま》として使い、気に入らない相手に嫌がらせを繰り返していたのだ。

だから半端なやくざ者に対する恐怖感は、それほどないのだ。

——ああいう人たちは、視線を合わせないようにして静かにしていれば絡んでくることもないし。それに岩井さんの仕事相手だから僕が出て行っても平気じゃないかな。

それにしても、今朝《けさ》の岩井には驚かされた。

普段は十時過ぎに起きるのに、今日に限っては朝早くから、私服姿ではなく初めに出会った時のような背広姿で眼鏡をかけていた。それだけで、礼儀正しい好青年に見えるのだから、服装は重要だと改めて感じる。仕事ができるというのは本当だろうけど、正直普段の軽さを見てしまったせいか心配でもある。

それに仕事の相手に、自分が今ここに匿《かくま》われていることを話されては厄介だ。

——立ち聞きは良くないけど……気になるし。

九條の件に関係のない仕事ならそれはそれでいいし、もし別の内容であってもお茶を出されて不機嫌になる客はいないだろう。自分の行動を正当化する理由を心の中で並べながら、斎希はこっそりと寝室を出てキッチンに立つ。お客の前で格好を付けているのだから、出すのは二つともコーヒーでいいだろう。コーヒーメーカーをセットし終えたところで、廊下から足音が聞こえた。もしかして岩井が気づいて出てきたのかもしれないと思い、斎希は何気なく廊下との間にあるドアを開けてしまう。すると、客らしき男と目が合ってしまった。

「なんだお前？」

「僕はこちらで、家事を任されているアルバイトです。コーヒーをお持ちしようと用意していたのですが……」

当たり障りのない嘘をつくのは、幼い頃から親戚とのトラブル回避のために身についたものだ。

顔色を変えず告げて謝罪するが、男は斎希を舐めるように見つめたまま動かない。

――岩井さんの言ってたとおり、この人危険だ。

よく九條の本家に出入りしていたヤクザ者の中でも特にたちの悪い連中と、雰囲気が似ている。金の匂《にお》いをかぎつけ、私欲のためにはなりふり構わない。そんな典型的な男だと、斎希は直感して警戒する。

「お前、九條斎希だろ」

いきなり名前を言い当てられ、動揺してしまう。

「あーそうか。お前と直接会うのは、初めてだったな。岩井さんと仕事してる、比良ってもんだ。九條の土地売買を持ちかけたのは、俺だよ。お前のことは、九條の婆さんから聞いてたんだけど……へえ、写真なんかよりずっとイイ顔してんじゃん」

「なんなんですか、一体」

「九條も土地なんか売るより、コイツを物好きに売った方が金になるのになあ」

顔を近づけ、じろじろと値踏みするように眺める比良から斎希は後退《あとずさ》る。

本家に軟禁されていた頃には結花と比べられる形で何度か経験していたが、家を出てからは一切なかった。

他人からの不躾《ぶしつけ》な視線がなくなり、すっかり安心しきっていたのは否めない。いや、意識して忘れようとしてたのだと今更気づかされた。

——昔の事は乗り越えたって……大丈夫と思い込んでいたから、あの時だって結花に相談もしないで本家に行ったんだ。

心の底に沈めていた感情が掘り起こされると同時に、目を背けていたトラウマも頭をもたげてくる。結花に心配かけたくなかったのは本当だけれど、話す事で嫌な記憶を思い出すのが嫌だったのが本心だ。

そんな斎希の心情など知らず、比良と名乗った男はべらべらと喋り続ける。

「戸籍が女にされてるんだから、何処にも行けねえんだろ。大人しく岩井さんの愛人でもしてりゃ楽だぜ。岩井さんに飽きられたら、新しい住み込み先を紹介してやってもいいぜ。マージンは取るけどな」

蔑《さげす》みの視線に耐えきれず、斎希は俯く。初対面の相手に自分の秘密を知られているだけでなく、下品な罵倒までされて斎希は耳を塞《ふさ》ぎたくなる。

「愛人が嫌だってなら、犯罪者にでもなるしか生きていく方法はないだろ。体開いて保護されながら金稼ぐか。ヤバイ仕事に就くか。お前なら愛人があってんじゃねえの？」

わざと傷つける物言いをしていると頭では分かっても、比良の言葉は真実だから反論はできない。

「さっきから黙ってるけど……まさか、岩井さんが一生面倒見てくれるなんて甘い考えしてるわけ？　あの人、チャラいぜ。一人の恋人に、半年以上構った事なんてねーよ。それとも、自分は特別とか勘違いしちゃってんの？　それ思い上がりだぜ」

「違います……」

「九條家の内情は、岩井さんより俺の方がよく分かってる。本家からも持て余されてるお前に、行き場なんてねえんだよ。立場を弁《わきま》えろ」

暴言を久しぶりに受けたせいか、慣れてる筈なのに胸が苦しくなる。

ぼんやりと蘇《よみがえ》る記憶は、嫌な物ばかりだ。親戚の子供達から遊び半分でからかわれ、鬱憤《うっぷん》晴《ば》らしにぶたれることもあった。

「お前がいなければ全て丸く収まるって、みんな思ってんだよ。岩井さんも、面倒なの背負い込んじまって、本心じゃ厄介者扱いしてんの分かってんのか？」

一番懸念していたことを正面から突きつけられ、斎希は動けなくなる。

今まで『お前さえ居なければ』という言葉を、何度聞かされたか分からない。記憶の底に意図して沈めていた暗い過去が、一気に蘇ってくる。

結花は親戚の子供達に虐められている現場に居合わせれば庇ってくれたけど、斎希は妹を巻き込みたくなかったのと心配をかけたくないのとでなるべく黙っていた。

そんな過去の嫌な場面と一緒に、初対面の岩井をぶってしまった記憶が渦を巻くように浮上してくる。

――……ぶたれるのはあんなに嫌だったのに……僕は岩井さんを殴《なぐ》った。

理由はどうあれ、彼を殴ったのは事実だ。自身がされて嫌だったことを、仮にも本家から連れ出してくれた人にしてしまったという現実が、斎希の罪悪感を刺激する。

「――なんだ？　黙って座り込んで。被害者ぶってんじゃねえよ。こっちはお前の実家に関わったせいで、岩井さんから無能よわばりだ。泣きたいのはこっちだっての」

蹲《うずくま》って震える斎希から異変を感じたのか、比良は吐き捨てるように言って素早く玄関へ向かう。

扉が閉まる音を聞いても、斎希の混乱は収まらない。

「……謝らなきゃ」

呆然としたまま立ち上がり、壁に手を付いて体を支えながら斎希はキッチンに戻った。

比良が帰った後、岩井は書斎を出るとリビングに向かう。キッチンに斎希の姿を見つけ、なぜかほっとした。

そこに存在するだけで、気持ちが落ち着く存在というのは珍しいし貴重だと思う。

特に今のような疲れているときは、斎希の気取らない性格は岩井にとって癒《い》やしになるのだ。

眼鏡を取ってテーブルに置き、ソファへ深く座る。

——あれで諦めればいいが。

本人は隠しきれていると思っているようだが、目先の欲にふらついてるのは見え見えだ。現に渡された資料には事実と違う部分が含まれており、意図的に勘違いさせるつもりだったと分かる。

元々、互いに利益を得るため一時的に組んでいたような関係だ。同じ部類の人間と思わせていた方が使いやすい。

しかし比良は、岩井を同業ではなく出し抜く相手として考えてしまったのだ。

「そんなに甘くないんだよね。俺が上手く騙しすぎたのも原因だろうけど、比良の方が使う側だと勘違いされたままで放っておくほど、こっちもお人好しじゃない」

情報の取引は、冷静でないと意味がない。

「ああいう馬鹿は、最後に何かしでかすからな。暫く監視が必要か。面倒だ……」

ただでさえ、面倒な九條家に関わっているのに、更に金にもならない比良の監視まで加わると考えただけでどっと疲れる。

一人呟《つぶや》いていると、大抵『煩い』と突っ込みが入るのだが、珍しくそれがない。

「斎希ちゃん？」

呼びかけも、斎希は背を向けたままで微動だにしない。

「ねえ斎希ちゃん、カフェオレ淹れてほしいな。斎希？」

振り返った斎希を見て、単純に不機嫌なわけではないと直感する。顔は真っ青で、酷く憔悴《しょうすい》していると一目で分かったからだ。

「……前に岩井さんのこと、殴ってすみませんでした」

ぽつりと、斎希が謝罪する。なんの脈絡もなく謝られ、流石に岩井も眉を顰めた。改めて斎希を見れば、今にも泣きそうな顔で俯いている。

「いきなりどうしたの。その事、俺は気にしてないし、むしろ斎希ちゃんが怒るのは当たり前なんだから」

「でも」

急に以前の事を持ち出して謝る斎希に、岩井は違和感を覚える。

「嫌なんです」

「そりゃあ、いきなりキスされたんだから……」

「違います。殴られるのは痛いって知ってるのに、僕はあなたを殴った」

「斎希？」

——トラウマ抱えた子だってのは分かってるつもりだけど、唐突すぎる。

本人も混乱気味なのか、どこか目の焦点が合っていない。岩井に謝罪しているのに、心は明らかに別のものを見ている。

「言い返したり、逃げればいいんです。なのに、僕は——」

「どうしてそこまで、自分を追い詰めるの？」

「だってあれは、僕が悪かったから」

「もしかして、比良になにか言われた？」

これまで比良は、自分の金目当ての取り巻きだっただけで、岩井の友人達に迷惑をかける事はなかった。

基本的に情報屋と雇い主の関係のラインから外れず、比良も岩井を出し抜くような頭を持っていなかったので、ある意味使いやすい手駒だった。

だから油断していたのが、完全に裏目に出たのだ。

「帰り際の比良さんと会って、言われました。思い上がるなって。岩井さんに守ってもらっている身で、弁えろって」

比良の情報に価値はないと告げた時点で、彼も距離を置かれると確信したのだろう。挽回《ばんかい》の機会は与えると口にしたが、それがどれだけ難しいか比良も分かっているはずだ。

楽に金儲けをしたい比良にしてみれば、再び雇い主の信頼を取り戻す努力をするより、別の主人を見つける方が早いと判断したのは分かる。

しかし事実上解雇された比良は行き場のない苛立った感情を、斎希にぶつけることで発散したのだろうと考える。

——俺のミスだ。

もっと強く、部屋から出ないように言い含めておけば良かったと、岩井は後悔する。

しかし、比良の心ない言葉でショックを受けている斎希を更に追い詰めるような真似はしたくない。

それに比良が心ない事を言った原因を細かく説明しても、今の斎希は納得しないだろう。

「君は思い上がってもいないし、俺を殴ったことも既に反省してる。君は何も悪くない」

手招くと大人しく近づいてくるから、岩井は手を伸ばして自分の膝へ横抱きにすると、そっと斎希の華奢な体を抱きしめた。

——まだ混乱してるな。ただ慰《なぐさ》めても、斎希は納得しないだろうし……それなら、いっそ強引に抱くか。

これまでも、誘惑に負けそうになった事は、数え切れない。単純に考えて、斎希は岩井の好みだったし、言動や反発する姿も可愛いと思っていた。ただ、性的指向がノーマルだと理解していたので、強引に迫るのは自制していただけに過ぎない。

――けれど言葉で納得させられないだろうし……一時的にでも快楽で思考停止させた方が、多少はマシかな。

勿論、岩井だって聖人君子では無い。多少の下心はあるのは否定しないが、それよりも過ぎる自虐《じぎゃく》で混乱する斎希を宥めるのが先決だと判断したのだ。

「斎希ちゃん、俺の話聞いて」

髪を撫でながら優しく声をかけると、斎希が視線を合わせないままでこくりと頷く。押し倒したい衝動を抑え、岩井は言葉を選びながら斎希の気持ちを解《ほぐ》していった。

「守ってもらってる事は、悪い事かな？　それに斎希ちゃんなら、九條の事さえ片付けば一人で生きていけると俺は思うけどね。俺なんかより、ずっとしっかりしてるし」

伸ばされた手が斎希の肩を包み、更に強く抱く。

「世の中には、九條の家よりもっと別の恐いモノもあるよ。どれが一番恐いかなんて、それぞれだから一概には言えないけど。少なくとも君が恐れているものからは、逃げられる可能性が十分ある。何より、君の芯《しん》の強さは武器になる」

岩井の言葉は本心かも知れないけど、斎希にしてみれば夢物語だ。

「無理です。誰かの愛人か、非合法の仕事にでも就かないと、あの家から逃げる方法はないって……」

単純になりふり構わなければ、逃げられるのは分かっている。けどその先を考えれば、戸籍とか、結花の事とか心配は尽きない。

改めて比良の示した惨《みじ》めな未来を思い出して、斎希は悔しくて泣いてしまう。

「比良の言った事なんて、真に受けなくていいよ」

反論しようとして顔を上げると、いつもと同じ軽薄な笑みを向けられて気が抜ける。

「それに君は、愛人じゃなくて俺の許婚《いいなずけ》」

「……全然慰めにもなってません」

本気で心配してくれているのか、怪しいと感じる。

睨む斎希に、少しだけ意地悪く岩井が問う。

「前みたいに、殴らないの？　嫌な事をされたら、抗《あらが》う気概はあった方がいいよ」

「……帯留めを返してもらうまでは、逆らえません」

人質を取られているようなものだと暗に言う斎希に、岩井は少し悲しげな顔を見せる。

結局の所、自分は九條から差し出された貢ぎ物だ。

たまたま、跡継ぎの証である帯留めを付けていたから、ややこしい事になっただけで、斎希自身には価値はない。

それに帯留めを取られてしまえば、自分だけでなく、結花にも何かしら制裁が与えられるだろう。

殴られるのも暴言も、自分が受ける分には仕方ないと思える。でも結花や、関係のない岩井を巻き込むのは嫌だと単純に思った。

「殴られたら痛いでしょう。理不尽だけど、結果として自分と親戚との間に入ってくれている岩井さんを殴ったのは良くないことだって……今更気がついて……」

ずっと虐められてきた記憶と、現在の状況が混乱して混ざり合っている。説明しなければ、岩井も理解してくれないだろう。

しかし岩井は、静かに告げる。

「今の斎希には、正論は通じなさそうだね。それに俺も誘惑されて、踏みとどまれるほど善人じゃない」

「誘惑なんてしてません」

「そりゃ未経験の君が意図してやってたら、すごいよ」

苦笑する岩井に、斎希は小首を傾《かし》げた。どこまで分かって話をしているのか、さっぱり理解できない。

「我慢するのもアリだけど、狡《ずる》い方法で少し忘れてみるのもアリだと俺は思うんだ」

「狡い方法、ですか?」

問うと、岩井が楽しげに頷く。

「おいで、斎希。嫌な事もなにも全部忘れるくらい、セックスに溺《おぼ》れさせてあげる」

飛躍しすぎた論法に、唖然《あぜん》となる。

「はあ? 突然なんですか?」

「口答えできる程度には、回復したみたいだね」

「あの……岩井さん?」

横抱きのまま抱え上げられ、斎希は運ばれる。

「込み入った話になりそうだから、ベッドの方がいいよね」

岩井は答えを聞く気は無いらしく、斎希を抱いたまま寝室に入りベッドに降ろす。

「一つだけ確認。性的に悪戯《いたずら》された事は? 聞く理由は、君の心にこれ以上傷を付けたくないから」

「……ありません。ぶたれたりはしてましたけど、そういった趣味の人はいませんでしたから」

七歳の時に両親から引き離されて本家に軟禁されていた頃は、中学に上がるまで親族からちょっとした暴力的な虐めを受けてきた。しかし幸いにも、性的な虐めはなかったと記憶している。

「本当に……その……するんですか？」

「俺は本気だよ。今の君は魅力的で、危うい。そんな愛らしい相手を前にして、そろそろ我慢が利かなくなってる」

「こんな状況で、信じられますか？　それに僕は、男です」

そういえば、連れてこられた夜にキスされて以来、不埒《ふらち》な行為は何もされていない。

嫌だと言えば、岩井は止めてくれた。弱みを握っているのだから、好きにできるのではと考えたりもしたが、そんな素振りもこれまでなかった。

「知ってると思うけど、俺は性別気にしないから」

「そういう問題ですか？」

「じゃあ恐いことを、幾《いく》つか俺が教えてあげるって事でどう？　理由付けは、できたよね」

完全に言いくるめられているけど、縋《すが》りたい気持ちが強い。

それに酷い事を言ってるのに、岩井からは優しさが伝わってくる。労《いたわ》りや同情もあるだろうけど、純粋に慈しまれるという感覚を知りたいと斎希は望んだ。

「君は暴力や家の束縛を知ってる。俺が教えるのは、快楽と恋」

「あと、人を信じてしまうこと」

頬に片手を添え、触れるだけのキスをされた。前みたいに、驚きや嫌悪は感じない。

「信じません！」

感情にまかせて怒鳴ると、いきなり触れるだけの口づけをされる。驚いた斎希だが、体が動かない。でも本当に嫌なら、暴れて拒絶していた筈だ。

「まあ、考え方に関してはすぐに変わるとは俺も思わないよ。でも今の君には、『逃避でもいいから忘れる』って行為が必要だ」

珍しく真顔で言うので、斎希は考え込む。上手く誘導されている気がしなくもないが、岩井に流されてしまいたいという気持ちが強くなっていくのは否めない。

――どうしちゃったんだろう僕……でもこうしてると、落ち着くし。

結花以外の相手に触れるのは、正直苦手だ。なのに一緒に生活しているせいか、岩井に触れているとなんとなく安心する。

「……分かりました。これは快楽の勉強として考えます」

帯留めを取られているとか、彼の優しさに絆《ほだ》されたとか心の中でいくつも理由を上げて、これからされるだろう行為は仕方ないのだと自己正当化する。

「真面目だね。それで君の自尊心が保てるなら、構わないよ」

きっと失礼な事を言ってしまったのだろうけど、岩井は微笑むだけで文句の一つも口にしない。

「そうだ。キスが初めてだったのは知ってるけど、まさか自慰《じい》もしたことないなんて言わないよね」

問われて、斎希は視線を逸らす。

「……何度、かは……あります」

「興味無いの？」

からかっているのではなく、普通に不思議そうな岩井にどう答えればいいか一瞬迷った。

でも色々知られてしまったのだから、もういいやと自暴自棄になる。

「生きていくので気持ちが精一杯だったから。興味がないって言うか、意識してなかったんです。それと恋愛に関してですけど、もし好きな人ができても僕は結婚ができません」

斎希は改めて、戸籍の問題を説明した。

まだ村の役場には九條の人間が多くいて、権力を握っている。

裁判をするにしてもお金もないし、下手をすれば好奇の目で見られて嫌な思いをするだけで終わるだろう。

それを承知しているから、本家も違法行為と知りつつ堂々としているのだ。

両親と引き離された時も、本家は『こっちは金があるんだから、いくらでも嘘をでっち上げて、社会的に生きていけないようにするのは簡単だ』と言っていた程だ。

その脅しは本家に引き取られた後、斎希も結花も言われ続けている。一般常識や法律から外れた行為だと理屈では分かっていても、長年本家からの洗脳に近い事をされて感覚が麻痺《まひ》しているのは否めない。

ただ不幸中の幸いは、両親と離されたのが七歳という、自我が確立してきた頃だったのが大きい。

別れに涙する両親をはっきりおぼえているから、本家の突きつける特権思考に染まらずにいられたのだ。

「やっぱり俺には理解できない話だけど。そういうのは、嫌だね」

理路整然と、とはとてもいかず、時に感情的になりつつも斎希が話し終えるまで岩井はしっかり聞いてくれた。

だがやはり、都会育ちの彼にしてみれば、九條家は昔の物語に出てくるような異様な一族程度の認識なのだ。

「斎希はなにも悪くないのに、周囲のせいで無意識に行動を制限してるよね」

「それは……」

「戸籍とか、斎希だけじゃどうしようもない理由があるのは分かるよ。けどさあ、もっと根本的な部分で斎希は心が麻痺してる。比良のせいで嫌な記憶を思い出したのも、その副産物だよ」

やはりこの人とは、根本的に解《わか》り合えないのではと斎希は諦めかける。そんな結論に達する前に、突然首筋を舐められ情けない悲鳴を上げてしまう。

「ひゃっ」

「話は終わりだね。じゃあ、始めようね」

肩を押され、斎希はベッドに倒れ込む。

体勢を立て直す前に、岩井の手が肩を押さえて素早く指をシャツのボタンにかけて外し始めた。

あまりに手慣れた動きに、妙なところで感心してしまう。

と同時に、彼の恋愛遍歴が男女関係無く相当数あるのだと確信し、どうしてか胸の奥が痛くなった。

「じ、自分で脱ぎます」

「それは楽しくないよ。恥ずかしがる斎希を無防備に剝いていく過程が、楽しいんじゃないか」

同性でも見惚れるような笑顔で下品な事を言うから、思わず怒鳴ってしまう。

「変態っ」

「恩人に対して、それは酷い」

確かに、岩井は窮地《きゅうち》を救ってくれた恩人だ。婚約者なんて馬鹿げた間柄だと言って、自分を拘束してるけど九條から匿《かくま》ってくれているのは事実だ。

真顔になった斎希の心情を察したのか、岩井が意味ありげにくすりと笑う。

「ごめんなさい」

「いいよ。体で謝罪してもらうから」

——……どういう意味っ？

普段から岩井のペースに振り回されているが、ベッドに入った途端、完全に主導権は奪われる。

文句を言っても、良くて倍返しをされるので迂闊《うかつ》に怒れない。

「はい、腰上げて」

とても軽い口調だが、有無を言わせない勢いでジーンズと下着を脚から引き抜かれた。気がつけば自分だけ裸にされていて、流石に涙目になってしまう。

「恥ずかしい？　このまま羞恥プレイ続けるのと、気持ちよくなって理性飛ばすのどっちがいいかな」

「どっちも嫌ですけど……これ以上、恥ずかしいのは耐えられません」

これからすることを考えれば、どちらにしろ痴態《ちたい》を曝《さら》すことになる。けれど今の斎希には、冷静に考える思考は働かない。

とにかく、自分だけ裸という現実をどうにかしたくて体を丸めてみても、岩井の手はあっさりと仰向《あおむ》けに戻してしまう。

「それじゃ、余計な事考えられない方向でいこうか。あ、動かないでね」

ベッドの脇に置いてあるサイドボードの引き出しを開け、岩井が中を探って何かを取り出す。

「なんですかそれ！　ひゃっ」

ペットボトルの様な容器に入った透明な液体を岩井が掌《てのひら》に取り、斎希の太股と中心をなで回す。

形容しがたい滑りを伴う愛撫《あいぶ》に、怯えてしまう。

「セックス用のローションだよ。女性にも使うことはあるし、別におかしな成分も入ってないから」

「や、やだっ」

初めて知る他人からの愛撫だけでも混乱気味の斎希は、ローションの相乗効果で快感が増していると気づく。

「君は初めてだし、これを使った方が楽だよ」

「いりません！　こんな……あっ」

ローションで滑る指が、性器だけでなく後孔《こうこう》も嬲《なぶ》り始める。痛いのにそれ以外の奇妙な感覚がせり上がってきて、斎希は逃げようと藻掻《もが》く。

「あ、あっ。中、変になる」

「これからもっと、おかしくなるよ……ほら、この辺りとか悦《い》いんじゃないかな？」

腹側の一点を押されて、斎希は息を詰まらせた。射精衝動に近い快感が走り抜けるけれど、決定打には足りない。

「前立腺だよ。聞いたことくらいはあるよね？　ここを解して開発すると、射精しないで何度でもイけるようになる。君が望むなら、辛い事なんて考えられないくらい弄り続けてあげるよ」

「……や……そんな……」

「俺にしてみたら、斎希ちゃんはどうしようもない事を考えすぎてる。手に負えない事を考えたって、泥沼になるだけなんだから、一日くらい全部忘れて快楽に嵌《は》まっても良いんじゃないかな」

無責任な発言をしながらも、岩井の愛撫は止まらない。

ローションが肉と絡み合い、ぐちゅぐちゅと淫《みだ》らな音を立て、聴覚からも犯されている気がしてくる。

「ほら、俺のも触って」

岩井がスラックスの前を寛《くつろ》げ、自身を出す。そして震える斎希の手を摑み、まだ半勃ちのそれへ導いた。

恐る恐る握ると、それは瞬《また》く間に硬くなり質量を増す。

他人の性器が勃起していく様子を見るのも、それを自分が触っているというのも当然初めてだ。

恐いのと好奇心で、岩井の雄を凝視してしまう。

「俺の扱《しご》いて、感じてるんだ斎希ちゃん、可愛いね」

「ちが……だって、岩井さんがっ……んっ」

後孔に三本目の指を入れられ、斎希は甘い悲鳴を上げて頭を反らす。大分解れてきたから、快感が強くなってきていた。

「手を止めないで。しっかりローション絡めないと、挿《い》れる時に苦しいのは斎希だからね」

改めて、岩井の勃起した雄を意識させられ、耳まで赤くなった。

——これが、挿《はい》るんだ。

指先で張り出したカリや、長く太い幹をなぞりながら、とても納めきれないとも感じる。自分のそれとは色も形も違う、生々しい雄。

不安になって岩井を見上げると、あの甘ったるい笑みで目尻に口づけられた。

「最初はどうしても痛いよ。でも俺の言うとおりにしていれば、すぐ気持ちよくなるからね」

斎希の不安に気づいたのか、岩井がさらりと疑問に答えてくれる。

決して安心できる答えではなかったけれど、苦しいだけでないと分かっただけでもよかったと考える事にした。

「……頑張って、みます。でもどうしても無理だったら、止めて下さい」

「初めてにしては、いい答えかな。ご褒美に、できるだけ気持ちよくしてあげようね。それと、君の気持ちを尊重してあげる」

こんなことしておいて、今更尊重も何もないと思う。

でも岩井は真面目な顔で、また予想もしなかったことを言い放つ。

「犯して下さいって言って」

「なっ」

さっぱり意図が分からず、斎希は目を見開く。

「抱かれるんじゃなくて、俺は君を犯す。そういう関係なら、君は無理に体を開いた事になる」

「詭弁《きべん》ですよね」

「そう言うけど詭弁て結構、大切だよ」

大真面目な顔で言うから、そうなのかもと納得してしまう。

正直、セックスに関して一般的な知識はあっても、それは常識の範囲内だ。百戦錬磨《ひゃくせんれんま》の遊び人を相手にして、斎希が対抗できる訳がない。

「……犯して、ください」

「それじゃあ、俯《うつぶ》せになって」

一瞬、動揺する。

「それは……ちょっと……」

体位くらいは知っているが、岩井の求めるそれは動物の交尾と同じものだ。

流石に抵抗を感じて戸惑っていると、子供の我儘《わがまま》を諫《いさ》めるように髪をわしゃわしゃと撫でられた。

「あのね、男同士で初めてならバックが一番負担がなくて楽なんだよ」

どうやら、止めるという選択肢は、与えられないらしい。羞恥で固まっている斎希をあっさりとひっくり返し、岩井が背後から覆い被《かぶ》さる。

「クッションを抱えて。腰は俺が支えてるから、斎希ちゃんは楽にしてるだけでいいからね」

とんでもない要求だが、嫌だと言う前に岩井の性器が後孔に押し当てられた。

まぶされたローションに助けられ、ぬぷりと音を立てて先端が入り口を広げた。

「ひっ」

「キツイな。でも犯してるんだから、痛いくらいが丁度いいよね」

萎《な》えた斎希の前を扱きながら、ゆっくりと雄が挿ってくる。

「岩井、さんっ……痛い、無理！」

後孔が雄の形に広げられていくのが分かる。

あれだけの大きさのモノを挿入されているから、いくらローションという潤滑剤があっても圧迫感がとてつもない。

息をするのも苦しいけれど、呼吸を止めそうになると岩井は斎希を優しく宥め深呼吸を促す。

「少しずつでいいから吸って。ゆっくり吐いて——上手だね」

耳元であやすように囁く岩井に、斎希は従うほかなかった。言われるままに呼吸を整え、下半身にかかる力を抜く。

すると岩井の言ったとおり、ゆっくりとだけれど快楽が戻り始める。

——なに、これ。お腹苦しいのに……へん。

「斎希君、素質あるっぽいね。お尻で、感じてるでしょう」

「感じてなんか、ない……ひ、っ」

「嘘は駄目だよ。中を擦《こす》ると、すごい締め付けるくせに」

ぐいと突き上げられ、斎希の喉から声にならない悲鳴が零《こぼ》れる。それは明らかな艶《つや》を含んでいて、斎希は耳まで真っ赤になった。

「なにも知らなさそうな顔をして、随分と淫乱だね」

内側からの刺激と言葉に責め立てられ、斎希は身も心も上り詰めていく。

すっかり熱を取り戻した自身の鈴口からは薄い蜜《みつ》が零れ、解放を強請《ねだ》るように腰が揺れてしまう。

「あっあ、もう……出ちゃうから……っ」

「いいよ。初心者をこれ以上焦《じ》らすつもりはないからね」

「で、も……岩井さんの手、汚れる」

「そんな可愛い事を言うと、もっと乱したくなるな」

下半身だけを持ち上げられ、硬い雄で何度も奥を突き上げられる。力の抜けた上半身は、クッションに埋もれて動くこともままならない。

「他の人としても、こんなふうになるかな？」

「なりませんっ」

咄嗟に否定の言葉が口から迸《ほとばし》る。

どうしてそんな事を言ってしまったのか、斎希自身にも分からない。

——僕……何言って……酷い人の、筈なのに……。

けれど思考は、快楽に飲み込まれてしまう。

「斎希は可愛いね。初めて溺れそうだよ」

「あん……ああっ」

堪えきれず蜜を放つと、斎希の中心を扱きながら岩井も中に射精した。同時に生じた長い快感に、斎希の意識は完全に陥落する。

「……な、に。これ……きもち、い……い」

びくびくと痙攣《けいれん》する背中に、岩井の唇が落とされて所有の印を刻む。当然斎希には見えないが、彼の所有物にされているのだとなんとなく察してしまう。

不思議と、それを拒絶する気にはなれない。肉親以外の相手からこんなにも求められた経験の無い斎希は、甘さを伴った感情で岩井のキスを受け止める。

その夜から、なし崩し的に二人の間で体の関係が始まってしまった。

それからの日々は、岩井にとって珍しく楽しいものとなった。

これまでも恋人は数多くいたけれど、家事全般からベッドでの営み、そして何より斎希の気配りが心地よい。

本人は岩井に弱みを握られているのと、帯留めを盾にされているという現実で、仕方なく従っているようだが、誰かのために尽くす行為は性分《しょうぶん》に合っているようで、岩井の奔放《ほんぽう》な言動にも、ため息をつきつつ付き合ってくれる。

部下に対してもそうだが、理由はどうあれ自分に尽くす相手には岩井も相応の礼を返すのを基本にしている。

だから自分の計画が破綻《はたん》しない程度に、知りうる情報を斎希に教えていた。

「――結花が結婚？」

チーズオムレツにフルーツヨーグルト、斎希お手製のベーコンキッシュの並ぶ朝食を前に、岩井は完全に自分好みに作られたカフェオレを一口飲んで切り出した。

案《あん》の定《じょう》、テーブルを挟んだ向かい側に座る斎希は、目を見開いて手を止める。驚いているというよりは、現実を認識できていないようだ。

「俺の方でも、九條家の動向は常に調べて部下に報告させている。あ、先に言っておくけれど、比良はこの件から手を引かせたから安心して」

甘ったるいカフェオレを飲み干すと、カップを差し出してお代わりを頼む。明らかに動揺《どうよう》しつつも、律儀に新しいカフェオレを注ぐ斎希を可愛いと思ってしまう自分は、相当性格が曲がっていると今更自覚する。

「相手は誰ですか？　この間聞いた、議員の方？」

「俺。議員の方は、流石にガードが堅くて話にならないらしいよ」

答えると、斎希の眉間《みけん》に皺《しわ》が寄る。

「九條本家は君か結花ちゃんのどちらかを俺に差し出せば、万事思い通りになると考えている。ただやっぱり、君では繋がりが弱いと思っているんだろうね。だから君と交換で、結花ちゃんを嫁がせる計画らしい。バレバレだし無理がありすぎるけど」

「……土地売買に関しては、岩井さん主導って祖母達は分かって居るんですよね？」

「もう何度も説明しているけれど、あの人達の中では俺と親戚になれば色々と有利になるって勝手な考えが定着しているみたいでね」

「本家らしい考えですね」

常識では通らない言い分だけれど、子供の頃から祖母達の無茶苦茶な要求に振り回され続けた斎希にしてみれば『またか』といった所なのだろう。

湯気を立てるマグカップを岩井の前に置いて、自分は深くため息をつくと頭を抱えてしまう。

「そうやって呆れるだけで、逃げようと思う気持ちはないのか？」

「ご存じでしょうけど、僕は女性として登録されています。それに住民票も、移せないから逃げられない」

達観したような物言いをすると気づいていたが、今の斎希は明らかに諦めの方が強い。本家の、特に祖母が判断した物事に関しては、異常なまでに服従を表す。

「気になっていたんだけれど、君は本家に対して反発しているのにどこか依存しているようにもみえるんだよね。差《さ》し支《つか》えなければ、斎希の考えを教えてよ」

「そんなつもりはないんですが、やっぱり第三者には異常に映りますよね」

隠すほどのことでもないですし、岩井さんなら多分予想しているだろうから、と前置きして、斎希が話し出す。

「十数年前までは、本家はあの一帯を治める大地主だったんです。そのお陰で、今でも市役所には九條家の人間が多く重要なポストに就いてます」

「まるで、一昔前のドラマだね」

こくりと頷く斎希の瞳には暗い影が落ちていた。

「縁故《えんこ》採用で繋がりがありますから、不祥事《ふしょうじ》があっても簡単に揉み消されます。そんな環境ですから、僕を男性として登録し直すなんて、絶対させてはもらえません」

祖母の思惑に従わなければ、待っているのは折檻《せっかん》だ。

あの閉鎖的な体質を身をもって知っている斎希は、表面的に反発していても無意識では服従心が残っている。

「君を攫って、軟禁してる俺が言うのもなんだけど。俺の事を信じてみない？」

「は？」

「あんな家からは、出るべきだよ。物理的にも精神的にもね。結花ちゃんの事も、手を貸す」

「ありがとうございます。でも、結花はまだ逃げられますけど……僕は無理です」

微笑みながら告げて、斎希は視線を伏せた。


優しくされて、絆されない人間なんていないと斎希は思う。というか、そう考えていないと、自分の立場を忘れてしまいそうなのだ。

まだ知り合って間もないのに、同居してこんなにもリラックスしている自分が不思議だった。

基本的に、岩井は優しい。

テレビのバラエティを岩井と二人で見て笑ったり、彼がマンガを買いに行くのにも付き合ったりする。買い物の際に岩井は必ずその日の夕食をリクエストするが、決して無理難題は言わない。それと、斎希が欲しがっているものを察して、さりげなく購入してくれる。

特に強請《ねだ》ったりはしないのだが、岩井からすると読んでる雑誌やテレビに気になる物が出ると、真剣な顔になるから分かってしまうそうだ。

何かにつけて帯留めを盾に使うけれど、本気でないのは目を見れば分かった。それでも斎希にしてみれば、大切な物であるのに変わりはないので、抗えるわけがない。

おまけに『恐いことを教えないとね』と軽く言って、キスもセックスも毎晩強制される。

これが単に苦痛なだけの行為だったら、岩井を憎めていたはずだ。

なのに甘えられると料理を作ってしまう自分に、自己嫌悪する。

今日も夕飯は、岩井がリクエストしたハンバーグを作ってしまった。甘い物が好きで野菜の苦手な岩井のために、わざわざ形がなくなるまで人参とタマネギを切り刻み、野菜が入っていないか疑う彼を、食後のアイスで宥め賺《すか》して強引に食べさせた。

これではまるで本当に婚約者だと、時々我に返るけれど、美味しいと言って食べる岩井を見ていると自分が面倒な立場にある事を忘れてしまうから不思議だ。

夕食の片付けを終えた斎希は、家主である岩井が仕事を始めたので、先にバスルームを使う。

これは同居を始めた当初から、岩井から提案された事だ。

仕事は『リゾート開発会社の社長』としか教えてもらっていないが、明らかに彼の仕事内容は一般的ではない。

主にスカイプを使う会議か、送られて来るメールの返信が主で、一度パソコンに向かうと集中するのか、止め時が分からないのだと説明してくれた。

出社時間もまちまちで、夜に出かけていく事もあれば、平日でも家に居たりする。

——仕事は何してるか分からないし、帯留めも返してくれないし。でもご飯を美味しいって喜んでくれるのは、結花と学校の友人以外で岩井さんが初めてだから嬉しくなるんだよな……これって、絆されてるって事？

自問して、斎希は湯船に浸かり項垂れる。良くない兆候だと、自分でも分かっていた。

冷静に考えれば、自分と岩井は九條家の持つお金で繋がっているだけ。優しいことを言っても、彼は本家の土地が目的なのに変わりはない。

何かしら利用価値があると思ってるから、自分を手元に置いているだけだと自分に言い聞かせる。

——心から信用できるのは、結花だけだ。

結花を匿っている恩人には、感謝している。しかし全てを打ち明け、甘え支え合ってきた二人には、強い絆があった。

いずれ結花も結婚して自分から離れていくだろう。それは結花の幸せのために、反対するつもりは無い。

だが、自分は別だ。

役所の書類を変更するには、裁判かあるいは祖母の許可が必要になる。

お金もなければ、本家からまともな扱いを受けていない斎希の願いを、祖母を含め親族達は許すはずがない。

「お風呂、ありがとうございました」

「婚約者なんだから、そんな他人行儀な言い方しなくていいって」

風呂を出てパジャマに着替えた斎希は、リビングに戻った。丁度《ちょうど》仕事が終わったらしく、岩井がノートパソコンを閉じて椅子から立ち上がり歩み寄る。

「一つ面倒な案件が片付いたんだ。気分がいいから、セックスしよう」

身勝手な言い分だが、いつもの流れでもある。斎希が逆らえないと分かっていて、岩井はわざと意地悪な誘い方をするのだ。

「斎希もお風呂上がりだし、準備はできてるよね？」

「……はい」

抱かれるようになってから、岩井は婚約者の務めと称して恥ずかしい約束を幾つかさせた。

その一つが、寝る前には場所は何処《どこ》でもいいから後孔をローションで解しておくことだった。

もちろん性知識の少ない斎希にできる事は少なく、恥ずかしさばかりが先に立って、今でも指を一本埋《うず》めるのが精一杯だ。

岩井はそんな斎希の体をベッドで弄び、淫らに変化させていく。

「もしかして、まだ一本しか入らない？　おかしいな、俺の指は三本挿れてもお強請りするみたいに吸い付いて来るのに」

「い、言わないで下さい！」

ここはまだ、明るいリビングだ。

「それじゃ、ベッドに行こう。斎希はベッドだと、素直になるんだよね。どうしてかな？」

どうしても何も、押し倒されてしまえば覚悟を決めるしかないせいだ。

細身なのに軽々と斎希を抱き上げて寝室に運ぶ岩井に、斎希は意を決して尋ねてみる。

「さっきしてた仕事って、九條家の事ですか？」

家事をさせられ、体の関係まで持っているのに、岩井は滅多に九條の話をしない。本当に九条家と関係を絶ってくれるよう動いているのかも疑問だ。

多少は彼なりに同情してくれているから、契約が纏まっても本家に引き渡されることはないだろう。帯留めもどうするつもりかは分からないが、少なくとも結花が跡取りになってしまう事態は避けてくれるだろうと信じている。

けれど進展具合など、せめて説明が欲しい。

「僕と結花を連れ出したから、土地の取り引きで揉めてたんじゃないんですか？　それと帯留めも、できれば岩井さんが買い取ってくれれば有り難いんですけど」

過ぎた頼み事だと自覚しているから、斎希は嗤《わら》われることを覚悟していた。なのにどちらでもない答えが返ってくる。

「え？　俺最近、九条と話してないよ」

「どうして！」

「だって婚約者は、手元にあるから必要ないし」

啞然とする斎希が再び問いかける前に、体がベッドに降ろされた。

薄明かりの中で、斎希《いっき》はいつものように岩井《いわい》の愛撫《あいぶ》を受ける。服を脱がされ、自分で両足を広げて膝《ひざ》を曲げ淫《みだ》らな部分を曝《さら》す。

「手、出して」

抗《あらが》えない斎希が掌《てのひら》を岩井に差し出すと、とろりとしたローションがたっぷりと注がれる。それを自身と後孔《こうこう》に塗り込める姿を、岩井が見つめながらスラックスの前を寛《くつろ》げる。痴態《ちたい》で硬くなったそれにも手を伸ばし、愛撫する事まで斎希は教え込まれていた。

「ほら、いつもの台詞《せりふ》言って」

「でも」

「斎希」

優しいけれど反論を許さない声音に、斎希は仕方なく口を開く。

「……犯して」

「そう。君は犯されているだけ」

後孔に、岩井の雄が擦《こす》り付けられる。

それだけで、背筋がぞくぞくする。毎晩のように求められ、体はすっかり岩井の愛撫に順応し、内部は彼の形を覚えてしまっていた。

整った顔が近づき、柔らかい笑みを浮かべて残酷な事実を斎希に突きつける。

「なのに俺《おれ》とのセックスは気持ちいいって、体と心にすり込まれちゃってるよね？　犯されて気持よくなって、斎希は淫乱だね」

――そう、だ……僕は犯されてるのに、感じてる。

否定できず、斎希は呆然《ぼうぜん》と岩井を見上げた。この体はもう雄を受け入れることに躊躇《ためら》いを感じない。

それどころか、精液を注がれることに悦《よろこ》びさえ覚えるようになっていた。

「岩井さん……犯されて感じてるのは認めます。だからもう、中には出さないで。お願いします」

「命令するの？」

「だって、後始末が」

咄嗟《とっさ》にこれ以上淫らにされたくない言い訳をしたが、これも斎希にとっては非常に悩みの種だった。

終わってから失神する回数は減ったけれど、動くことは無理だ。

なのでセックスが終わると、岩井が互いの体にこびりついた体液を拭いてくれる。それもわざといやらしい後戯《こうぎ》つきで。

「今更だし、斎希ちゃんも気持ちよさそうにしてるのにどうして？……ああ、でも面白そうだね。後始末じゃなくて、斎希ちゃんの命令」

口の端を意地悪く上げて、岩井が信じられない命令をする。

「斎希、イくときに『中に出して』って言って。それと宗則って名前で呼んで欲しいな」

「そんな……」

「言えるよね？」

優しい声で酷《ひど》い言葉を強制する。でも快楽に陥落した体は、岩井の命令に抗えない。

本当は体が求めてると、斎希も分かっていた。

意識してしまうと、余計に欲しくなって後孔の奥が疼《うず》いてたまらなくなる。

「それとも、逆らう？」

感度を高めるためにローションは使うが、避妊具を着けてセックスをしたことは一度もなかった。

そのせいか、体は中出しの刺激を覚えてしまっていて、直接の射精無しでは絶頂しない。

――どれだけ優しくされてもこれは恋愛なんかじゃない。僕はこの人の、暇つぶしの相手だ。……そんなの、分かってた筈なのに……どうして今更。

髪を撫《な》でる手も、触れるだけの甘いキスも全ては斎希の反応を楽しんでいるだけ。それに気づいた瞬間、快感や羞恥とは違う涙が目尻から溢れる。

――僕は、この人が好きなんだ……人を好きになるのが恐いって、こういうこと……っ。

「やっ」

「嘘《うそ》は駄目だよ。ちょっと押し当てただけで、嬉《うれ》しそうに飲み込んだのは斎希ちゃんなんだから」

奥まで一気に貫かれ、斎希は体を強《こわ》ばらせた。けれど慣らされた体は乱暴な挿入にもすぐ感じ入り、強請《ねだ》るみたいに腰が揺れてしまう。

「あっぁ」

達しそうになると岩井は動きを止め、斎希の息が整うまで待つ。その間、胸や自身をやんわりと愛撫され、焦《じ》れったい快感を蓄積させるのだ。

丁寧《ていねい》すぎる愛撫に肌は火照《ほて》り、斎希はただ喘《あえ》ぐことしかできない。

「……岩井、さん……なか……」

奥が疼く。

「言わないと、斎希が欲しがっているモノはあげられないよ」

「や、お願いっ……岩井さん……」

「もしかして、焦らされたくて言わないの？　斎希はやらしいね」

「ちが、う……ひ、あ……ぅ」

激しくなる律動に全身が歓喜する。

早く射精して欲しいという考えだけが、斎希の心を支配していく。

――むり、こんなの我慢できないっ。

焦らされた分、淫らな熱が下腹部に溜《た》まり斎希は堪《こら》えきれず懇願した。

「中に……出してっ」

岩井の腰に脚を絡め、真っ赤になった顔を見られないように彼の胸に額を押し付ける。

「望み通りにしてあげるよ。君は俺の、婚約者なんだからね」

両手が斎希の腰を抱いて、強く引き寄せた。大きく広げられた脚の付け根に、雄が密着する。

「出すから、もっといやらしくお強請りして」

「……宗則さんの精液、全部僕のなかに出して、くださ……ひ、っう」

びくりと、雄が跳《は》ねるのが分かった。次の瞬間、体の深い部分にねっとりとした熱が流れ込んでくる。

斎希も自身を震わせ、先端から薄い蜜《みつ》を放った。

長い射精の間、岩井は自身を抜かずに、性器を襞《ひだ》へ塗り込めるみたいにゆったりとした律動を続ける。

――精液の味、覚えさせられてるみたい。

味覚などないのは分かっていても、ことさら丁寧に精子を内壁に擦り付けられ、被虐《ひぎゃく》の喜びが斎希の腰を震わせた。

「こういうの、マーキングって言うんだよ。キスとかでもいいんだけど、やっぱり体の深いところに、恋人の香りをすり込んだ方が所有物って感じでいいと思わない？」

指先にも力が入らないから、些細《ささい》な抵抗すらもできない。

生々しい感触に、斎希は何度も上り詰めた。

「嫌ぁっ……これだめっ、抜いて」

「中を痙攣《けいれん》させながら言われても、説得力がないよ」

口では嫌と言いながら、体は淫らに反応してしまう。

蜜が出なくなり斎希の自身が萎《な》えても、まだ岩井は終わらせてくれない。しつこく斎希の中心を扱《しご》き、更には前立腺をカリで押し限界まで絶頂感を持続させる。

「……おねがい……ぬいて……」

「犯されて中出しされて、感じるなんて……こんな短期間で、随分いやらしくなったよね
——嬉しいよ」

——それは岩井さんが命令したからで……。

「もう一度全部注ぐから、離れないで」

斎希の中で再び熱を取り戻した雄を感じて、斎希は怯《おび》えを隠せない。

体は絶頂直後の痙攣を繰《く》り返《かえ》しているのに、まだ意識ははっきりしている。それに斎希の後孔は雄を喰《く》い締《し》めて離さないのだ。

「今の斎希ちゃんなら、射精しないでイけそうだね。ドライって言うんだよ」

「むり、ですっ」

岩井の言葉通りなら、自分はとてつもない快感を経験させられてしまう。恐いのに、ぞく

ぞくと背筋が震えた。

「ドライを覚えられれば、俺が挿《はい》ってる間、ずっとイきっぱなしになれるよ」

「あっぁ……い、きそ……」

「いいよ。斎希が初めてドライでイくとこ。見ててあげる」

唇をそっと舐《な》められ、斎希の心に残っていた僅《わず》かな理性が消えた。

「っふ……ぁ…あっ」

まるで恋人のように強く抱き合い、斎希は上り詰めた。

少し置いて、岩井も奥に射精する。一度目よりもずっと強い快感が、背筋を駆け上がり斎希の思考を白く染めた。

「あ、ひっ……おわ……らないよ……」

「やらしい声が可愛いね」

精を放たないから、絶頂に明確な終わりがない。その上、岩井は自身が萎えても、斎希の肌を愛撫して後孔の締め付けを持続させる。

過ぎた快楽を与えられて、斎希はその夜久しぶりに意識を失うまで抱かれた。

翌朝、斎希は意地悪をされた抗議をしようと、ふて寝を決行した。

あれから散々、岩井は淫らなセックスを要求した。焦らされて泣かされて、酷いやらしい言葉も口走った気がする。

ベッドの中で一人微睡《まどろ》んでると、嫌でも痴態が思い出されて顔が熱くなる。

――これじゃ、逆効果だ。

岩井に食事抜きの嫌がらせをするつもりだったけれど、このままでは自分の神経が参ってしまう。

仕方なく起き出してパジャマのままリビングに入ると、珍しく眼鏡をかけた岩井が振り返ってにこりと笑う。

昨夜のことなど忘れたかのような爽《さわ》やかな笑みに、一瞬殺意が過《よ》ぎる。

「朝ご飯は、カップラーメンですませたよ」

「馬鹿《ばか》ですか！　冷蔵庫に温めるだけのシチューがあるでしょう？」

スーツは着ていないから、仕事で出かける予定はないのだろう。けれど眼鏡をしているという事は、彼なりに気持ちは仕事重視の方向になっている証《あかし》だ。

現にテーブルには、書類の束が幾《いく》つか積まれている。さりげなく視線を向けると、乱雑に積み上げられた紙の間から、『九條家《くじょうけ》』の文字が見え隠れしていた。

――もしかして、本家の資料？

普段の斎希なら岩井が言い出すまで自制するのだけれど、何の情報も無いまま時間ばかりが過ぎていく現状にかなり焦っていたのは否めない。らしくなくテーブルに身を乗り出し、斎希は書類を指さす。

「なんですか、それ。九條家の資料なら、僕にも見せて下さい」

「君に話しても、今は意味がないし。見せるつもりもないよ」

あっさりと拒否され、流石《さすが》に斎希も言い返す。

「これは僕の問題でもあるのに、意味がないで片付けないで下さい。必要な情報かもしれないじゃないですか」

一度文句を言ってしまうと、このところ溜まっていた鬱憤《うっぷん》がこみ上げてくる。

「大体なんですか。カフェオレの砂糖を控えたら『甘くない』なんて文句言うし。野菜嫌いだし。書類もその辺に置きっぱなし。片付けるのは、僕なんですよ」

自分でも少し論点がずれてしまった気がするけれど、いくら弱みを握られている立場とはいえ岩井は好き勝手やりすぎると思う。

「俺を嫌いになった？」

「元々嫌いです！」

結花《ゆか》と自分の境遇を知り助けてくれるかと思いきや、軟禁状態で家政婦扱いだ。肝心の本家の情報は殆《ほとん》ど知らせてもらえず、おまけに夜になれば手を出してくる。

――僕が拒否できない立場って分かってやってるから狡《ずる》い。

「こんな事になるなら、結花についていけば良かった。あの人の方が、優しくしてくれるのは確実ですから」

思わず口走ると、それまで柔和な笑みを浮かべ余裕だった岩井の表情が変わる。仕事の時とも違う、怒りと困惑の混ざり合った顔に、斎希は内心驚いた。

「あの人って誰の事？　結花ちゃんじゃないよね」

声もやけに静かで、迫力がある。ここで言ってしまったら負けのような気がするので、斎希は精一杯の虚勢を張った。

「僕と結花の恩人で。結花の恋人です」

「名前は？」

「教えたくないです」

「反抗するのか？　自分の立場を忘れた訳じゃないだろう」

「そうやって脅《おど》す岩井さんは、嫌いです」

今度こそ怒鳴《どな》られるかと思いきや、何故《なぜ》か岩井は困った様子で額に手を当てる。その姿は叱《しか》られた犬のように見えて、つい温情を出してしまう。

「……教えてもいいですけど。一つだけ約束して下さい」

「なんだい？」

「これからは野菜を残さないで下さい。特に、ピーマン」

「いいよ。全部食べる！」

軽いノリで頷《うなず》く岩井は、全く信用できない。

――これじゃ、小学生を叱ってるのと変わらない気がする。

子供との交流など殆どない斎希でも、岩井のノリは完全に子供だと思う。

ここ最近は、特にその傾向が酷い。自分が彼の我儘《わがまま》に渋々ながらも付き合っているのが原因だろう。

ともかく、今は原因探しより、この顔はいいのにどこかずれてる男をどうにかしなくてはならない。

売り言葉に買い言葉。

岩井が撤回しないうちに、斎希はどんぶりいっぱいにピーマンの炒め物を作った。味付けに焼き肉のタレを使ったのは、斎希なりの恩情だ。

湯気を立てる炒め物を岩井の前に出すと、心なし顔が青ざめる。

「全部食べたら、結花と僕を助けてくれた恩人の名前を教えます」

「斎希ちゃんてさ、時々俺を子供扱いするよね」

「そうさせているのは、岩井さんですよ」

どうにも岩井と生活するようになってから、自分も彼の馬鹿げた思考に染まりつつあると思う。

これまでの斎希なら、下らない喧嘩《けんか》などせず、理路整然と聞かれたことを答えていただろう。

それをしないで、岩井の困り顔を見ているのが楽しいと感じるのは、相当性格が曲がってしまった証拠かもしれない。

そんな事を考えているうちに、岩井は無表情で炒め物を食べ続けついには完食してしまう。

「――ごちそうさまでした」

箸《はし》を置いた岩井の前にある皿は、綺麗《きれい》に空《から》になっていた。

「約束だよ。教えて。意外って、顔してるね」

「本当は、野菜好きなんですか？」

「嫌いだよ。でも食べ物を粗末にしなければ、こういう遣《や》り取《と》りって楽しいでしょう？　学生の頃は、一キロステーキの早食い競争なんてやったな。懐かしいよ」

テーブル越しに、岩井が手を伸ばして斎希の頭を撫でる。

「上手《うま》く言えないけど、斎希もこういう下らない遊びをもっと知った方がいいんだよ。じゃあ約束通り、恩人の名前を教えて。今更嫌だなんて、言わないよね」

まるでゲームに勝ってご満悦と言った様子の岩井は、大きな子供にしか見えなかった。こんな人に恩人の名前を告げてもいいのか迷ったけれど、約束したのだから仕方がない。

ため息をつくと斎希は渋々口を開く。

「約束は守ります……小石川修司《こいしかわしゅうじ》さんと言う方です。結花が京都へ修学旅行に行った時、道に迷ったのが縁でお世話になってます」

「小石川……って、まさか貿易会社の小石川商事?」

「確かそうです。東京へ出てくる時に何度かお目にかかりましたけど、気さくでいい人ですよ」

「じゃあ結花ちゃんがお世話になってる人って、そいつ? 政界でも力持ってるのに、なんで九條はたてつくような真似《まね》するのかな。馬鹿なのか?」

珍しく、岩井が真剣に困っている。結花は結婚を前提に付き合っているから多少小石川家の事は知らされているだろう。

でも斎希はあの家から一時的にでも解放してくれただけで有り難《あがた》く思っているから、深く聞いた事はない。

「それで斎希ちゃんも、実は小石川が好きなのか?」

両肩を摑《つか》まれ、やけに真剣な顔をした岩井が顔を寄せる。

「恩人という意味では好きです。岩井さんみたいに、酷い事言わないし。こんな馬鹿みたいな喧嘩もしません。優しいお兄さんです」

一呼吸置いて、真《ま》っ直《す》ぐに岩井を見る。顔が赤くならないよう、努めて事務的な感情で言葉を紡《つむ》ぐ。

「セックスを強制したり、やらしいこと言わせるような馬鹿な真似はしません」

「……昨日、無理させたの怒ってる？」

「当たり前です。ともかく、小石川さんは僕と結花の事情を理解してくれて、家を出る手助けもしてくれました」

小石川は誠実な人だ。

何事にも真っ直ぐで、間違っている事ははっきりと指摘する。それは恵まれた環境で育った人間特有の正義感のお陰だ。価値観の違いに小石川は戸惑ったようだが、何度か本家へ直接苦情を言いに行き、話の通じない相手を身をもって経験してからは、更に結花と斎希に援助してくれるようになった。

初めは結花も、単に同情心で優しくされていると思っていたようだが、修学旅行後も頻繁《ひんぱん》に届く小石川からの手紙で心を開いていった。

更に小石川のすごいところは、結花よりも微妙な立場にある斎希にも正面からコンタクトを取り、人生を諦めるのではなく僅《わず》かでも希望を持つことを教えてくれたことだ。

そう説明するが、岩井はまだ不安そうだ。

「じゃあ何もされてないんだな。恋愛としての、感情は無いな？」

「当たり前です」

——これじゃ痴話喧嘩だ……っ。

意識してしまい、斎希は耳まで赤くなった。

一方、岩井も別の意味で気まずそうにしている。

「変な疑いかけて、ごめん」

「いえ……」

なんとなく気まずくて、俯いてしまう。自分達の関係は、利益を得るために軟禁された斎希と、その主人というだけのものだ。土地の問題が解決すれば、きっと自分は捨てられる。

「誤解があるようだけど……今は、小石川と連絡を取るのが先かな」

「結花は巻き込まないで下さい」

「もう遅いよ。だから被害を最小限にするために、腹を割って情報交換をするんだ。小石川と連帯した方が効率もいい」

仕事の顔つきになった岩井に、斎希は何も言えなくなる。不安や悲しさが胸に渦巻くけれど、感傷に浸っている場合ではないのだ。

「斎希ちゃん」

「はい」

姿勢を正して、命令を待つ。

「カフェオレ、淹《い》れて。口の中がピーマンの味で死にそう」

真面目《まじめ》なのか不真面目なのか、やっぱり見極めが付かないが今は彼を頼るほかない。

とんでもない人に、自分の人生を預けてしまったと斎希は何度目か分からない深いため息をついた。


岩井が連絡を取ると、すぐに小石川修司が結花を同伴でマンションに乗り込んで来た。

部下を通さず、小石川が直接アポイントを取ってきた事も、驚きだ。

まだ年若いという理由で一族の中では重要なポストに就いていないと聞いている。恐らく、この正義感の塊《かたまり》のような性格が災いしているのだろうと察せられた。

——俺と違って、真面目な性格なんだろうな。その性格も親が美徳として捉《とら》えてるから、絵に描いたようなお坊ちゃんになった感じか。

世界規模で名の通った商社の御曹司《おんぞうし》が、ボディーガードも付けずにやってくるなど、まずあり得ない。

自分の事は多少調べているはずだけれど、斎希を連れ去ったという事実があるので小石川にとって警戒すべき場所だと認識はあるだろう。

——二十三歳、俺の二つ下だけどなんかこう……純粋って感じだな。

背が高く容姿は、判で押したような好青年だ。恐らく性格も自分と違って裏表などないのだろう。

まるで本当の家族を連れ戻しに来たかのような気迫が会話をしなくても伝わってくる。

だからこそ、理不尽な九條家に捕らわれていたこの兄妹を、全力で救い出すことができたのだ。

そんな小石川の隣に立っているのは、結花だ。

前に会ったときとは違い、結花は清楚《せいそ》な白いワンピースを着ている。髪は茶色に染めているが、年相応の少女らしさが出て可愛《かわい》らしい。ただその目には、不安の色が濃い。

岩井に対して相当不信感があるのか、牽制《けんせい》するように睨《にら》み付けると迎えに出た斎希に抱きつく。

「斎希、大丈夫だった？」

何かあれば小石川が守ってくれるという信頼もあるだろう。しかし結花の行動は、物怖《ものお》じしない斎希と同じだ。一見、対照的に思える斎希と結花だが、根本的な性格はやはりそっくりだ。

こうして二人が並ぶと、やはり双子なのだなと改めて感じる。

「結花こそ――僕は岩井さんに匿《かくま》ってもらってるから、今のところなにもないよ。本家の接触もないから安心して」

あえて比良《ひら》の話題を出して注意を促さないのは、過剰に結花を怯えさせないためだと岩井は察する。

——それだけ、小石川を信頼していると言う事か。

もし比良のようなチンピラ崩れが結花の周辺に現れれば、小石川が全力で排除すると斎希は疑っていない。だから不安を煽《あお》る情報を伝えるより、妹の精神面を優先している。

玄関で再会を喜び抱き合う兄妹を、半歩後ろで見守っていた小石川が穏やかに岩井へ声をかける。

「お話は、結花から聞いてます。しかし、岩井リゾートの社長が直々《じきじき》に関わっているとは、初耳でした」

「直々とは?」

「いえ、どこかのホテルに匿っているだろうと、勝手に思ってましたので。まさか同居しているとは……」

「この方が、斎希君になにかあった場合、すぐに対処ができますからね」

当《あ》たり障《さわ》り無い説明だが、お互いに腹を割って話している訳でもないから、微妙な緊張感が漂う。幸いなのは、斎希も結花も再会を喜び合っているので、こちらの会話を気にしていないことだ。

「ありがとうございます。斎希君は私の家族も同然ですからいくら感謝をしても足りません」

しかしその表情からは、隠しきれない不信感が漂う。仕事柄、あまりよくない目で見られるのは慣れている岩井は、丁寧に頭を下げる。

「正直に仰《おっしゃ》って下さって結構ですよ。本心じゃ相当、不安なはずだ」

「失礼かとは思いますが、ご指摘通り全面的に貴方《あなた》を信頼していないのは事実です」

取《と》り繕《つくろ》いもなく、生真面目に答える小石川に面白いとさえ感じる。

「うちは、余りよくない業者とも付き合いがあるのは事実です。事業内容によっては、多少汚い手も使う。ですが保護した斎希君を、九条に渡すような事はしません。勿論《もちろん》、結花さんの情報を九条に流す気もないです」

小石川家は岩井と違い、元華族の家柄だ。今は商社を経営しており、父親と兄が経営の主軸だと報告書には書いてあった。

しかし本人に仕事の能力がないのではなく、むしろ熱血で真面目に取り組みすぎる点を危《き》惧《ぐ》され、社内全体を見渡せるようにと一線をわざと遠ざけられている。

――ボディーガードも連れずに乗り込んでくるあたり、本気で熱血だな。

正直言って、岩井が苦手とする相手だ。嘘や駆け引きが通用せず、真正面から対峙《たいじ》してくる。

けれど苦手という先入観を打ち消してしまうほど、小石川は裏表を感じさせない。

「今の言葉で、貴方を全面的に信用はできませんが。先日結花と斎希君を本家から救い出してくれた件には感謝しています」

互いに握手を交わし、斎希と結花が落ち着いたのを見計らってリビングへと移動する。

「小石川さん、結花も座って下さい」

気を利かせて、斎希が人数分の紅茶を淹れてくれる。ここで甘いカフェオレを岩井用に作らないあたり、斎希のさりげない気遣いが嬉しい。初対面の相手だからか、一応は岩井の体面を保ってくれるのだ。

互いに会話のタイミングを計るように、紅茶で喉《のど》を潤す。先に口を開いたのは、小石川だった。

「遠回しな話は苦手なので、本題に入ります。岩井さんは斎希君をどうするつもりですか？返答次第によっては、私が引き取ります」

「そう喧嘩腰にならないで下さい。それにこちらには、翡翠《ひすい》の帯留めがある。下手を打てば、そちらが不利になりますよ」

九條家から、斎希と結花を自由にするという目的は同じだが、信頼に値するかまではまだ見極められないので、試すような物言いになってしまうのは仕方ない。

「みくびってもらっては困る。一線から離れて、勉強中の身とはいえ、これでも私は小石川の人間だ。私は結花と斎希君の境遇を知ったときに、二人とも必ずあの家から引き離すと決意した。それは今でも変わらない」

「ではこちらのやり方が気に入らなければ、斎希も小石川の財力で奪っていくという事ですか？」

互いに脅しとも取れる言葉を、ぶつけ合う。

二人の遣り取りを斎希と結花が不安げに見守っているが、あえて口を挟む隙《すき》を与えない。

それは小石川も同じ考えらしく、真っ直ぐに岩井を見据える。良家の子息に相応《ふさわ》しい、堂々とした威圧感。

「小石川家は関係無い。これは私の意志です」

「と、言うと」

「親族からは、結花と付き合いを始めた頃から接触すら難色を示されている。しかし、私の人生を擲《なげう》ってでも、私は結花と添い遂げるつもりでいます。無論、斎希君にも望む人生を歩ませると約束した」

――ああ、こりゃ家族が一線から遠ざけるわけだ。

小石川が言っているのは、結花との結婚と斎希の自由を保障する代わりに、これからの人生を家の繁栄に捧げると宣言したも同じだ。

嫡男《ちゃくなん》ではないにしろ、本家の人間なのだから根回しをすればいくらでも気楽な人生を歩めるのに、この男は真正面しか見ていない。建前として、小石川の言い分はとても素晴らしいし、ある意味模範解答だ。けれどこの調子で全てに取り組めば、真っ直ぐすぎるその考えを食い物にする連中は確実に現れる。

　それを懸念し、近しい親族は遠回しに『狭く生きてもいいんだ』と教えている最中なのだろう。

　――けどこれは小石川本人の性格だろうし、自分で気がつくのは難しいんじゃないか？

　恐らくこの調子で、小石川は結花と斎希に『九條家は間違っている』と諭《さと》し続けたのだ。いくら本家の歪《ゆが》んだ思考に染まってなかったとは言え、どれだけの労力を使えば、二人が自主的に『逃げたい』と具体的に考えられるようになるかは分からない。専門家でもカウンセラーでもない小石川が諦めず説得を続けられたのは、結花に特別な思い入れがあったという理由だけでなく、本人の資質が関係してる。

　でなければ二人があの強欲な本家に住みながら、彼らの思想に染まらず成長できるなどまずあり得ない。

「こちらとしても斎希と結花を、あの暗い家から解放することに賛成です。ただ君とはやり方が違う」

「なら、どうする気です？　戸籍はどうにもできないから、誰かが守らないと斎希君は生きていけない。ご両親の行方《ゆくえ》は調べたが、もし本家に知られれば何をされるか分からないのは変わっていない。私は何度か本家の人間と対話を試みたが平行線のままだ」

「俺は九條家と、直接対決するつもりはないですよ。あんな借金だらけのくせに『旧家』ってだけでプライドの塊。遠くの小石川家より、近所の議員や村人の反応が大切で、自分たちが一番偉いと、根拠無く思っている井の中の蛙《かわず》。そんなのと話し合ったって意味がない。しかし、よく説得しようなんて思いましたね」

「ちょっと、岩井さん。本音ダダ漏《も》れ」

横から斎希が、肘《ひじ》でつつく。

けれど岩井も仕事ならともかく、この熱血人間と真面目に話し合うのには限界を感じていた。

「あなたの考えは分かりました。斎希の処遇に関しては、不満もあるだろうけど今は啀《いが》み合う意味がない。まずは、斎希と結花ちゃんを本家の籍から抜いて、あの家潰《つぶ》しましょう」

「ええと、岩井さん。本気ですか？」

それまで一応丁寧に話をしていた岩井が、明らかにやる気をなくした様子で足を組み、背もたれに深く背を沈めた。

そして岩井は眼鏡を取り、ネクタイを緩める。真面目な話は、もうお腹いっぱいだ。欲しい情報を得られ、小石川は敵対する相手ではないと判断した以上、仕事の顔で話をするのは疲れるだけで意味がない。

「だって俺、そういう訳分からないしきたり嫌いだから。それにターゲットが斎希ちゃんに向いてる今なら色々とそちらも動きやすいよね」

「あの、岩井さん。結花も小石川さんも驚いてます。てか、お仕事の顔で会ったんだから、せめて最後までかっこつけて下さい」

「いや、あれ疲れるし無理。あ、斎希ちゃん。紅茶苦いからカフェオレ淹れて。お砂糖たっぷりで」

こうなるとどうしようもないと斎希も分かっているのか、深いため息をついてソファから立ち上がる。

「岩井さんて、これが本性？」

次に我に返ったのは、結花だった。それに答えたのは、斜め前に座る岩井本人。

「そうそう。遊び人のチャラ男だよ。本当は仕事もしたくないんだけど、生活かかってるから」

「自分で言う事じゃありませんよね」

ただ真面目を絵に描いたような小石川だけは、緩くなった場の雰囲気について行けないようで、ぽかんとしている。

「それじゃお互いの事情も分かったし。馴《な》れ初《そ》め聞かせてよ。ガード堅そうな結花ちゃんを、真面目な小石川君はどうやって口説いたの？　それとも、強引にヤっちゃったとか？」

「く、口説くなんて真似はしていない。結花とは自然に惹《ひ》かれ合っていったんだ」

大の男が耳まで真っ赤にして、俯《うつむ》いてしまう。怒っているのではなく照れているのだと誰

の目にも明らかだ。

「余り修司さんを虐《いじ》めないでよ。私には勿体《もったい》ないくらい、真面目なんだから。馴れ初めは私から話すけどいい？」

「どうぞ。彼は、話できそうにないし」

「……すみません、小石川さん」

カフェオレを淹れるついでに持ってきたクリームサンドクッキーを、斎希がそっと小石川の前に置く。岩井ほどではないが、彼も甘党なのだろう。

――あ、接点見つけた。これで少しは、話がしやすくなるな。

そんな思惑など知らず、結花が紅茶で喉を潤すと懐かしそうに語り始めた。

「私たち兄妹が両親から引き離されたのは、七歳の時です……」

かなりの洗脳状態だった斎希と結花が九條の家訓に染まらなかったのは、物心ついた後に親と引き離された悲しい記憶があったからだ。

それでも結花が中学時代の修学旅行で偶然小石川と出会わなければ、本家から抜け出す決断をするのは難しかったと続ける。

「斎希は、京都の修学旅行も行かせてもらえなかったもんね」

「でも僕が一緒だったら、結花は迷子にならなくて小石川さんに道を聞くこともなかったよ」

つまりは、最高の形で偶然が重なった結果なのだと知る。

中学を卒業してからの三年間、結花は祖母の意向で地元の高校に通うことを許されたが、斎希は本家にほぼ軟禁され家事の全てをするよう命じられていた。外の世界と隔離され、まるで召使いのように扱われていた斎希の心が折れなかったのは、結花を通じて連絡を取ってくれた小石川のお陰だ。

その後は祖母や親族達の目を盗み、結花の教科書を借りて勉強を続けた。小石川の手助けもあり、斎希は高等学校卒業程度認定試験に合格し、『結花の監視』を承諾したと見せかけて東京まで来る事ができたのである。

結花が大学へ通うことは許可されたものの、当然斎希は学歴など必要ないと一蹴《いっしゅう》され、結局小石川家の親族が経営する調理の専門学校へ通うことで話が付いたのだ。

二人の入学金など諸々《もろもろ》は全額小石川が出し、祖母の個人的な無心にも応じているせいか、結花の『大学の間は自由にしたいから、住む場所は自分で決めたい』という我が儘も通った。結花への監視も緩くなり、斎希が月に数回結花の生活態度を報告するだけで本家は干渉しなくなっていた。

家を出て一年が過ぎ、やっと普通の生活に慣れてきた頃、先日の事件が起こったのである。

――あと一歩ってところだな。

九條家の窮状《きゅうじょう》を見る限り、この数年以内に経済破綻《はたん》するのは確実だ。

最後のあがきで斎希と結花に何をするか分からないと言う危機感はあるが、それを乗り切れば悩みの種は減る。

「それじゃ小石川君。今から俺と君は、二人を救うために協力する。それでいいね」

「そんなあっさり信じろと？」

「少なくとも、俺は斎希を手放したくない。これは本心だからね。君が駆け引きになれてないのは話をして分かったから、面倒な遣り取りをするつもりはないよ。それに小石川家を敵に回して、いいことなんて一つもないし。ついでに言わせてもらうと、もっと自分の立場を有効に使いなよ。折角《せっかく》権力あるんだから、汚くても有効に使わないと勿体ない」

生真面目な小石川が、再び項垂《うなだ》れる。自身の性格に融通の利かない部分が多くあると自覚はあるらしい。

「……あなたの意見は、ごもっともです」

「真っ直ぐは美徳だけど、立場を考えれば悪役になる事も受け入れないと、この先小石川家の人間として生きてくなら、ある程度割り切らないと辛いよ。それに、君のとばっちりは結花ちゃんにも向く」

容赦の無い指摘に、小石川は眉間《みけん》に皺《しわ》を寄せ黙ってしまう。

「小石川さんは僕達の恩人なんだから、もう止《や》めて下さい」

流石に言い過ぎだと、斎希が唇を尖《とが》らせる。

「甘いよ、斎希。いずれライバルになるかも知れないから、ここで潰してもいいんだけど。

そうすると結花ちゃんが恐そうだし……」

「修司さんと斎希を虐めたら、許さないんだからね！　あんたみたいなちゃらちゃらしたヤツからは、わたしが二人を守るわ」

「そう言うと思った……という訳で、小石川君は困ったら結花ちゃんに相談しなよ。彼女、君が考えているよりずっと頭いいし強いよ」

それまでの蟠《わだかま》りなどなかったかのように、小石川を除いた三人は笑い合う。その後はお茶を飲みつつ、主に小石川を弄《いじ》る方向で他愛ない会話をした。

三時間ほど談笑の後、そろそろ迎えの車が来るという小石川の言葉に、結花が帰り支度《じたく》を始める。

どうにか小石川も、岩井に対して警戒心は消えたのかその頃にはかなり打ち解けていた。

「では、斎希君を頼みます。本家の動向が分からないので、専門学校は休学にしてありますから。自宅からなるべく出さないようにして下さい。斎希君、本家の事が落ち着いたら、うちに来てもかまわないんだよ」

「ありがとうございます。でも僕は、建前上は岩井さんの婚約者ですから」

小石川の申し出に、斎希は微笑《ほほえ》んで首を横に振った。只《ただ》でさえ迷惑をかけているのだから、必要以上に心配をかけたくない。

それに、今では岩井と共に過ごす時間が楽しいとさえ感じられるようになってきているのも事実だ。

「あの通り真面目……とは言いがたいですけど、優しい方です」

「無理はしないでね、斎希」

あえて茶化さず、岩井は三人の遣り取りを無言で聞いていた。

『また来るから』と言い残し二人が帰った後で、情けないと思いつつ会話を蒸し返す。

「彼らと一緒に、行ってしまうかと思ったよ。帯留めがあるから、残ったの？」

「ここに居るのは、僕の意志です。それに、明日の夕飯用にカレーを作っている最中だから。途中でほったらかしにできません」

「俺よりカレーが大事？」

まさかカレーを理由にされるとは思っていなかったので、がっくりと肩を落とす。けれど斎希の真っ赤になった顔を見て、考えを改めた。

「カレーは数日煮込むと美味《おい》しいのに、この間作ったとき、岩井さんが一日で食べちゃったじゃないですか。だからリベンジです」

言い訳だと分かるけど、そんな斎希が可愛い。

「愛してる、斎希ちゃん大好き」

「僕じゃなくて、カレーでしょう？」

照れ隠しに同じ反論をされて、岩井は苦笑する。

――こんな可愛い子、手放せるわけがない。

「ちょっと、岩井さん？」

抱きしめると、腕の中で華奢《きゃしゃ》な体が藻掻《もが》く。逃げられた事なんてないのに、斎希は諦めない。

意地っ張りで可愛い婚約者を、絶対に守ろうと岩井は決意した。


何者かに結花が攫《さら》われたと連絡が入ったのは、二人が訪ねてきて数日後の事だった。

結花は普段、九條の本家に連れ戻されないよう念のため小石川の部下に警護されている。

けれど岩井が斎希を気に入った結果、本家はすっかり岩井に金が無心できると思い込んだらしい。あれだけの騒動を起こしたにもかかわらず、結花の居場所を岩井に尋ねる事もしてこなかった。かといって、斎希に文句を言うでもなく、再び岩井が頭を下げてくるだろうと楽観視しているのは目に見えている。

小石川は連絡先だけ九條家に教えてあるが、結花の居場所は知らせていない。なのに警護を付けるなど、大げさだと結花は常々言っていた。元々警護は恥ずかしいと思っていた結花が、ボディーガードの数を減らして欲しいと小石川に頼んだ矢先の出来事だった。

九條家が関わった可能性が高いが、これまで本家が結花に接触してきた事はない。大学の友人達には『小石川家の親戚《しんせき》』で通しているので、身代金目的の誘拐《ゆうかい》の線も捨てきれなかった。そんな事もあって、犯人の特定は予想外に時間がかかっている。

小石川から直接電話で連絡を受けた岩井は、すぐに行動を起こした。斎希も自分にできることをしたいと訴えたが、犯人が九條でないと断定できない以上、外に出るのは危険だと言われて、今度こそ本当に監禁状態になってしまった。

「——留守番《るすばん》なんて、してられないよ」

岩井が出て行ってから、二日が過ぎている。

現状報告のメールすらなく、苛立《いらだ》ちばかりが膨らむ。

無断で出て行く事は可能だが、財布もキャッシュカードも持って行かれてしまっていたので、移動手段は徒歩のみだ。

食材など生活に必要な物を購入する際は、銀行の自動引き落としになるので困らない。思い立って小石川と連絡を取ろうとしたら、行動を読まれていたのか、ご丁寧にパソコンはスカイプもネットさえ通じないように設定済だった。

そんな苛立ちを抱え我慢も限界に来た三日目、思いがけない訪問者からの接触に流石に斎希も身構えた。

てっきり宅配の業者だと思って取ったインターフォンに映し出されたのは、卑屈な笑みを浮かべる比良《ひら》の顔だった。

「久しぶり、岩井さん?」

比良の声に、怒りと少しの恐怖が胸を過ぎる。けれど何でもないふりをして、斎希は極力感情を出さず事務的に返した。こちらは比良の顔が見えるが、向こうは声しか分からない仕組みだ。

「仕事で出かけてますのでご用でしたら事務所の方に行って下さい」

マンションはロビーへ入るのにも徹底したセキュリティがあるので、訪問先の家が許可を出さなければ住人と一緒に潜り込むこともできない。

無理に入ってくれば、警備員が管理室からすぐに駆けつけてくる。そんな警備を知っている筈《はず》なのに、岩井と斎希から敵視されていると自覚のあるの男は、媚《こ》びるような笑顔でインターフォンごしに話しかけてきた。

「あ、斎希君か」

罵《ののし》られた嫌な記憶が蘇《よみがえ》る。そのことを岩井も知っていたし『仕事でも問題があるから手を切る』とまで言っていたのに、どうして平然と現れるのか神経を疑う。

「丁度《ちょうど》良かった。お前に用があるんだ。悪い話じゃないと思うぜ」

声も聞きたくなくてインターフォンを切ろうとすると、何かを察したのか比良が早口で喋《しゃべ》り出した。

「悪かったって。この間は、俺も苛ついててよ。九條の婆さんが思い通りにならなくてさ。つい……」

「言い訳を聞く気はありません」

「待ってくれ！　お前の妹、行方不明になってるだろ？」

「結花のことを、どうして知ってるんです？」

比良は完全に、九條家から手を引かされた筈だ。

それに交渉権は岩井と彼の側近に移っているので、あくまで仲介の立場である比良の出番はない。

「俺は誰が攫ったか知ってるぜ。お前に何かするつもりは無いから、そっちの部屋で話をさせてくれ。外だと、誰が聞いてるか分からねえからな」

上手く部屋に入る方便かと思ったが、何かに怯えた様子で周囲を気にする比良は、嘘を言っているようには感じない。

最悪の場合、室内から防犯ブザーを押せば、警備員が来てくれるシステムになっている。その事を告げた上で、斎希は比良の入室を許可した。

程なくして、比良が部屋まで来たので玄関先で対応することにする。

「まずはこっちから話をしねえと、信じないだろ。だからとりあえず、聞いてくれ」

「――分かりました」

「今回は、俺の失態だ。妹さんを攫ったのは、九條の連中だぜ。家を混乱させるためちょっと焚《た》きつけたんだが。暴走した馬鹿がいたんだよ。予想外に大事《おおごと》になっちまって、俺は近づけねえ。閉じ込めるとかどうとか、物騒なこと言ってたな」

——座敷牢《ざしきろう》だ。

本家の中でも、座敷牢の場所を教えられている者は数少ない。

もしも小石川達が九條の家に行っても、探し出すのはまず無理だ。

「でもどうして結花を攫ったんですか？　帯留めは岩井さんが持ってるのに。それに本家は、僕を使って岩井さんからお金を無心しようとしたんじゃないんですか？」

だから結花の居場所を知らせるよう、せっつかれなかったと自分達は判断したのだ。

「甘いな。あの強欲っぷりは俺でも呆《あき》れるぜ。婆さん達は、金の亡者《もうじゃ》だ」

疑問に、比良が苦笑を浮かべる。

「俺みてえなごろつきは、流石に小石川には手を出せねえ。なのに本家は、お前の妹を地元の皆瀬《みなせ》って議員にさしだして、小石川に喧嘩売るつもりだ。ただ現実が見えてる一部の連中は、妹差し出しただけで議員の資産を得られるなんて思っちゃいなかった。結局相手から断りが入って目論見《もくろみ》はずれた連中はいま内輪揉めの真っ最中だ」

冷静に考えれば、そう都合良く事は運ばないと分かる話だ。けれど、祖母が命じれば親族は行動を起こす。議員との見合いを断られ、相当焦っていたと予想も付く。

「あの強欲連中は、跡取りと金のことしか頭にねえ。それで妹さんを親族の男と結婚させて確実に九條の血が入った子を産ませるか、小石川と子を作らせて他家の血が入るのを受け入れ財産も手に入れるか大騒ぎしてんだよ」

——それって、結花が小石川さんの子供を産んだら、本家に攫うつもりだ。

小石川と交際しているのは、薄々祖母も気がついているようだが親族会議の場で話題にすることはないようだ。それにもし手を出したと知られれば、『跡取りを傷物にした』と難癖を付けて強請《ゆすり》すらしかねない。

それに祖母が知らぬ振りをしている理由は、もう一つある。本家に毎年、小石川が幾らかポケットマネーで支援しているからだと、結花が嫌そうに言っていたのを思い出す。

どうにも頭の固い祖母は、小石川家より自分達の方が立場が上だと本気で思い込んでおり、小石川家がどれだけ政財界に人脈があるか説明しても、聞く耳を持たなかった。援助をするのは『九條家が小石川家からあがめられているから』と、信じ切っていた祖母なら今回の件は納得できる。

「どうしよう。小石川さん達じゃ、結花を助けられない」

「そう来ると思った」

どうやらここからが、比良の本題らしい。

「俺と取り引きしてくれねえかな？　岩井の事だから、お前を置いて仕事に行ったと思ってたんだよ。馬鹿だよな、一番心配してる親族を放っておけば、何するか分からねえのに」

実際その通りなので、斎希は何も言えない。

「それで取り引きって何をすればいいんです。僕は一族から遠ざけられているし、結花のように跡継ぎを約束されているわけでもない」

「俺は九條の帯留めが欲しい。渡してくれれば、交通費くらいは融通するぜ。あの帯留めがありゃな。数年は遊んで暮らせる。今日が期限の返済もあるんだ」

だからインターフォン越しの会話では不安だと訴えていた理由が分かる。恐らくまともでない所から金を借りてしまい、返済を迫られるのが恐ろしかったのだ。

「でもどこにあるか、僕は知らないんです。金庫にでも入れられてたら、どうにもできません」

「取ってきてくれるのか？」

「元々は、こちらの所有物ですし」

胸の奥が、ちくりと痛む。岩井は帯留めが九條に渡らないよう保管していたのだ。この男は、きっとマンションを出たらその足で質屋にでも持ち込む算段だろう。

「岩井は適当なんだよ。仕事机の引き出しを探ってみな」

これまで、岩井の部屋には掃除で何度か入ったが、無断で立ち入ったことなどない。それに彼に許可無く、机を探るなどしたこともなかった。

——結花を助けるために、仕方ないんだ。岩井さん、ごめんなさい。

良くないことをしていると意識はあったので、躊躇《ちゅうちょ》したものの、結局斎希は比良に言われた通り、岩井の仕事部屋へ入ると机の引き出しを開ける。すると、無造作に置かれた帯留めを見つけた。

しかし、交通費を渡される前に、差し出す程馬鹿ではない。

「僕もすぐに使えるお金が必要です。あなたも僕に便宜を図っておいた方が、後々いいと思いますよ」

「勿論、そのつもりだ。本家の守銭奴《しゅせんど》より、お前の方が話は付けやすそうだからな」

にやにやと下品な笑みを浮かべて、比良が薄っぺらい財布から二万円を出す。

「これだけあれば、九條家に行けるだろ」

「はい」

「おいおい、まさか善意だけでこんなヤバイ取り引きを持ちかけたと思っちゃいないだろうな？」

あざ笑うような比良の口調に、斎希は我に返った。少しでも早く結花の元に駆けつけたい余り、自分は冷静では無くなっている。けれど既《すで》にお金は受け取ってしまい、帯留めは比良が鞄《かばん》にしまった後だ。

「僕に何をさせたいんですか？　あなたの欲しがってた帯留めは、お渡ししたでしょう？」

「こっちも取れるだけ、むしり取りてえんだよ。九條にはそれなりに投資してきたからな。帯留め一個じゃ、割に合わねえ。お前は妹を逃がしたら、本家の資産が俺に渡るように動いてくれりゃいい。指示は後から伝える」

「そんな……無理です」

やっと比良の本心を見た気がして、斎希は身震いした。

「大丈夫だって。年寄りが揉めてる隙に土地の権利書やなんかを持ち出してくれれば後はこっちで上手くやる。お前が罪をひっかぶれば、九條の連中は妹のことなんかそっちのけでお前を折檻《せっかん》するだろ。身を挺《てい》して妹を守れるなんていい話じゃないか」

「随分、勝手な事を言うんですね。僕がそこまで言いなりになると思っているんですか」

すると比良は、素早くドアノブに手をかけ廊下へ飛び出す。何をするつもりか呆気《あっけ》にとられている斎希に、比良は馬鹿にした目を向けた。

「言いなりになるしかねえんだよ。この帯留めは、九條家への牽制と切り札だったんだよ」

「切り札？」

「分かってなかったのか？　これがあるから、九條の馬鹿共も岩井に手出しできなかったんだ。それがないと分かれば、あいつら岩井にも何するか分からねえぞ」

とんでもない間違いをしてしまったと、斎希は青ざめた。

「返して下さい！」

「お前がくれたんだろう。俺は金を払ったし、妹の居場所も教えた。取り引きは成立してんだよ。あとは資産をこっちに流す手伝いをしてくれりゃ、その間は帯留めの件を黙っててやる。指示に従わなかったら、どうなるか。分かってるだろうな」

笑いながら階段を駆け下りていく比良を追う気力も無く、その場に座り込む。

結花を助けたい一心と言えば聞こえはいいが、後先を考えず最悪の選択をしてしまったことに変わりはない。

——本家が岩井さんに何かをする前に、結花を助けないと……。

思い通りに事を進められないと、祖母は癇癪《かんしゃく》を起こす。岩井に対しても、陰湿な嫌がらせくらいはするに違いない。

ある程度証拠が出そろえば、岩井も対抗手段は取れるはずだ。

そうすればあとは、小石川がどうにかしてくれるだろう。岩井も斎希を探すだろうけど、帯留めが無くなったことに気づけば、彼なら大体の事は察してくれるだろうと考える。そうなれば利用価値の少ない九條からは、手を引くはずだ。

悲壮な覚悟を胸に秘めて、斎希は結花を助けるための準備を始めた。

日も落ちて辺りが薄暗くなる頃に、斎希は本家のある村に到着した。

斎希は、携帯を取りに一度借りているアパートに戻った。その途中で買った茶色のウイッグを付け、ストールを巻いて出てきたのでぱっと見た感じは女性と勘違いするだろう。

流石にスカートを穿《は》いて電車に乗る勇気はなかったからジーンズとパーカーだけど、地味な服が幸いして村を歩いていても余り目を引かない。

更に斎希にとって幸いだったのは、九條の一族は本家に集められていて、駅や道ですれ違うのは殆ど新興住宅街に住んでいると思わしき人々ばかりだった。

あまりこそこそすると逆に目立つので、堂々と本家までの道を歩く。大通りから私道にはいり少し進むと、喧騒が聞こえてきた。

——本当に喧嘩してる。

比良の言ってたとおり、親族間で相当揉めているらしく怒号が庭先まで響いてくる。

怒り狂った祖母の金切り声に耳を塞《ふさ》いで逃げ出したくなったが、斎希は勇気をふるって裏庭の方へと廻った。

庭と言っても、随分前から手入れをしていないので雑草は伸び放題で、立木の枝も窮屈そうに絡み合っている。けれど草や土に埋もれかかった飛び石を辿《たど》れば、目的の場所へ簡単に行き着いた。

本家の勝手口から少し離れた位置に、不自然に飛び出した壁がある。

――確か、この引き戸の奥に取っ手が……あった！

使われていない勝手口を装った、座敷牢の入り口だ。外からははめ殺しの木戸にしか見えないよう、巧妙に作られている。

扉を開けると、天井付近に明かり取りの小さな窓がある三畳程度の部屋が現れた。その真ん中に、着物を着せられた結花が蹲《うずくま》っていた。

「結花」

名前を呼ぶと、弾かれたように顔を上げて腕の中に飛び込んでくる。

「お兄ちゃん！」

結花が怯えているときは、斎希を名前ではなく兄と呼ぶ。本人は自覚していないが、幼い頃からの癖だ。

周囲からは虐められる斎希を庇《かば》う気の強い女の子として見られ、祖母からも『跡継ぎの風格がある』と喜ばれていたが、それは身を守るためについた虚勢でしかない。

「もう大丈夫。僕が来たから、結花はなにも心配しなくていいよ」

昔は斎希の折檻部屋として使われていたが、高校辺りからは流石に閉じ込められることもなくなっていた。恐怖心より懐かしさがこみ上げる辺り、まだ九條家の因習に縛られていると実感する。

「茶色のウイッグを買ってきて、正解だったね」

結花の髪は、黒に染め直されていた。

恐らく祖母の命令だろう。斎希はウィッグを外すと結花に被るよう言い、服も自分の物と交換するように指示する。

「この服に着替えて。身長は同じだし、外は大分暗いから本家の人たちも気がつかないよ」

深く考え始めてしまう前に、結花をここから出すのが先決だ。着ていた服を脱ぎ、斎希も慣れた手つきで結花の着せられていた振《ふ》り袖《そで》を着る。

「……お兄ちゃんと、サイズぴったり。胸もお尻も丁度いいってどういうことよ！」

「その元気があれば大丈夫だね」

お互いに入れ替わった姿を見て、やっと結花が笑顔を見せた。背格好も同じなので、暗がりでなら祖母でも見分けが付かない自信があった。

「僕の携帯電話を使って、ポケットに入ってる。タクシーの番号は駅で登録してあるからね。それと子供の頃、家を抜け出して遊んだ道を覚えてる？」

「……でもあの道は、行き止まりよ」

「前に岩井さんに聞いたら、山を削って広い道にして住宅街の方に繋げたんだって。だからもうあの一帯は九條の土地じゃないんだ。大通りに出たらタクシーを呼んでも大丈夫。こっちとタクシー会社の管轄も違うんだって」

ほっとした様子の結花だが、すぐ不安げに斎希の手を握る。

「でもお兄ちゃんはどうするの？　わたしの身代わりになったって知ったら、お祖母さまは絶対に怒るよ」

跡取りである結花は叱られるか、あるいは当分の監禁ですむだろうけど、斎希はなにをされるか分からない。

常識の通じない相手だと身をもって知っているからこそ、結花も斎希を置いて逃げることに躊躇するのだ。

「ここで二人とも閉じ込められたら、小石川さん達には見つけてもらえない。岩井さんにだって、これ以上面倒をかけられないし」

半分、嘘だ。

きっと小石川は、九條家に乗り込んでくるだろう。

恐らく岩井も来るだろうけど、勝手に引き出しをあさった自分をどう思っているかは分からない。

とにかく、二人の到着を待っていては、先に結花の心が錯乱してしまう可能性が高いと斎希は判断したのだ。

――結花はここの存在を知ってても、閉じ込められた事はない。

灯《あか》りも時計もなく、日に二度様子を見に来る叔母《おば》もけっして口を利こうとしない。薄暗い孤独な空間に閉じ込められるというのは、それだけで精神的に参ってしまう。

幸いというか何というか、斎希は『精神を鍛える』という名目で、幼い頃から閉じ込められていたから、今でもさして抵抗がないのが救いだ。

「僕は大丈夫。上手く逃げるから」

迷う結花の背中を押す。

「気がつかれないうちに早く逃げて」

「……分かった」

斎希の覚悟が変わらないと分かったのか、結花がやっと頷く。

「電波が入る場所に出たら、すぐ修司さんに連絡するから！」

「ありがとう結花。でも今は余計な事を考えないで、この町から出ることだけを優先するんだ」

電話をしている間は、どうしても意識は会話に集中する。些細な事だが、その僅かな瞬間に捕まえられる可能性もあるのだ。

「修司さんの連絡がついたら、すぐに斎希を助けてもらうように話すから。それまで無理したら駄目だよ」

「分かってる。とにかく結花は住宅街の方を目指して逃げるんだ」

「お兄ちゃん」

ぼろぼろと涙を流す結花をぎゅっと抱きしめてから、斎希は無理矢理その肩を抱き座敷から出す。

「早く行くんだ。結花なら、大丈夫」

こくりと頷き、結花が木戸を閉める。かたりと扉の閉まる軽い音がして、斎希はほっと息を吐いた。

助けが間に合うかは、分からない。

いやむしろ、結花を逃がした責任を負わされ、岩井の時のように祖母が勝手に見繕った相手に、貢ぎ物として差し出されてしまう可能性だってある。

だがそうなれば、親族の怒りは自分に向いているので結花が小石川の保護下に入るまでの時間稼ぎにはなる。

——逃げて。僕の分まで幸せになるんだよ。

祈るような気持ちで、斎希は明かり取りの小さい窓を見上げた。


結花が逃げたのを確認してから、斎希は自分で扉に鍵をかけた。

本来内側からは動かせない仕組みだけれど鍵自体が老朽化していたのと、子供の頃に閉じ込められた時、暇つぶしに内側から開ける手段を覚えていたのが幸いした。

食事は朝夕二回、親族の女性が届けに来るしきたりも知っていたから、具合の悪いふりをして布団に伏せり、どうにか一日目は誤魔化す事ができた。

親戚も、次期跡取りである結花と思い込んでいるので布団をはぎ取るようなこともせず、風邪薬まで持ってきてくれる。

——結花の処遇が決まるまで、親族は本家から離れない。持久戦だな。

どういった形でも話が纏《まと》まれば、会議はお開きになる。

逃げ出すなら、その時が狙い目だ。

けれどどこから逃げても、斎希に行く宛てなどない。

小石川に相談すれば匿ってくれるだろうけど、もし本家に見つかれば難癖を付けられて結花を差し出すよう脅してくる筈だ。

両親の元へ行くという手もあるが、もう何年も本家から逃げ回り疲れ切っている親に負担をかけたくない。

岩井の所へ戻る選択肢も頭に浮かぶが、斎希は首を横に振る。

——あの人は、九條のもつ土地が目当てなだけで、こうなった以上、僕の利用価値なんてない。

頼み込めば家政婦くらいはさせてもらえるかも知れないけど、恋心を押し殺してまで彼の側にいるのは辛すぎる。もしも岩井が、新しい恋人や結婚相手を連れてきたら、絶対に自分は泣いてしまう。

それなら二度と会えないくらい遠くへ逃げて、ひっそり暮らした方がいい。

——比良の言ってたとおり、僕はまともな職業にはつけない。九條の人たちは、僕を利用するために、ずっと探し続けるだろうから誰かに頼るのもできない。

これ以上、誰にも迷惑はかけたくなかった。

「岩井さんの所で、婚約者ごっこしてた時が一番幸せだったな」

非常事態だというのに、脳裏《のうり》を過ぎるのは満面の笑顔でカフェオレを飲む岩井だ。眼鏡をかけて仕事をしている姿も好きだけれど、やっぱりあの馬鹿みたいに明るい笑顔の方が印象に残っている。

——あんな格好いいのに、野菜が苦手で……甘いカフェオレが好きなんて。

やらしいこともされたけど、なぜか岩井は嫌いになれなかった。

絆《ほだ》されたと結論づければそれまでだが、色々思い出してみてもやっぱり楽しい思い出の方が多い。

下らない事で喧嘩をして、年上なのに甘えてくる岩井は、どうしてか憎めない人だ。

ご飯も誉めてくれるし、一定の距離を置こうとする斎希にもなにくれとなく構って話しかけてくれた。心細さと、彼を信用しきれず冷たい態度を取ったときもあったけど、岩井は本気で怒ることもなかった。

それに、と深く息を吐いて、斎希は無意識に自分の体を抱きしめて思う。

――セックスの時と翌朝は、とても優しくしてくれた。まるで僕が、ガラス細工でできてるんじゃないかって、自分で錯覚するくらい。

「会いたいよ、岩井さん」

明かり取りの窓を見上げて、斎希は呟《つぶや》く。

けれど、元は斎希の持ち物とはいえ、勝手に引き出しを開けて帯留めを比良に渡してしまった以上、顔なんて合わせられない。

おまけに帯留めを隠していたのも、斎希を引き留める為と九條家への切り札だったと分かり、彼の考えに気づけなかった自分が愚かだと思う。

――冷静に考えれば、帯留めを使って結花と僕の本家との縁切りを進めてたなら辻褄《つじつま》が合うのに。

あの笑顔の下で、岩井は真剣に自分達を守る為に働きかけてくれていたのだ。それを全て壊してしまった。

彼の与えてくれる優しさに甘えるばかりで、目の前の事にしか頭が回っていなかった自分が情けなくて涙が出てくる。

「おい、本当にここなんだろうな？」

「子供の頃、母親の後付けてきただけから……でも確か、この辺りで合ってるはず……」

外が騒がしくなり、斎希ははっとして顔を上げる。

聞こえてくるのは、男の声だ。

この座敷牢には、結花が閉じ込められていると親族も知っているので、厳格な祖母は女しか近づけない筈だ。

「やっぱりここだ！　鍵は古いから、石で壊せるぞ」

ガンガンと、外から木の扉を叩く音が聞こえてくる。

「誰？　お祖母《ばあ》さまですか？」

誰かが助けに来てくれたのかと一縷《いちる》の望みを抱《いだ》きつつ、斎希は裏声を作って呼びかける。

しかし返ってきた声に、自分が危険な状況にあると気づかされた。

「お、当たり！　結花ちゃん、これからイイ事しようぜー」

「婆さん達はまだ揉めてるからさ、ほっといて遊ぼうよ」

げらげらと下卑《げび》た笑い声が上がり、扉が軋《きし》む。

——従兄達《いとこたち》？　どうして……？

しきたりに煩《うるさ》い本家の者は、例え従兄同士の婚姻でも婚前交渉は認めない。とくに結花は、次期当主だ。

例え祖母の命じたとおり外部の者との結婚が上手くいかなくなり、親族間での結婚が決まっても、婚礼が終わるまで手を触れさせることすら許しはしない。

引き戸が壊され、斎希は咄嗟に座り込んで俯く。

「噂には聞いてたけど、マジで座敷牢があったのかよ」

「流石に狭いな。離れに連れて行くか」

「写メ取って、ネットで流そうかな。こんなの今でも使ってるなんて、相当レアだぜ」

「監禁プレイマニアに、喜ばれそうだよな」

入って来た数人は、物珍しそうに室内を見回している。彼らにしてみれば、風変わりなアトラクション施設のようなものなのだろう。こんなろくに日も差さない場所に閉じ込められ、泣いても誰も来てくれない恐怖や悲しみなど、きっと彼らは理解しない。

――ともかく、やり過ごすしかない。俯いていれば、分からないだろうし……。

相当飲んでいるのか、酒臭くて口元を押さえる。その仕草がしおらしく見えたのか、一人が斎希の横に屈《かが》んで、聞いてもいないことを一方的に話し始めた。

「泣いてんのか？　そりゃこんなとこに入れられてりゃ恐いよなあ。でももう終わりだ。親族会議で、結花ちゃんを小石川に渡して子を作らせる方向で話が纏まったんだよ。そんで今は、小石川からどうやって金をせびるか計画中ってわけ」

男の言う事が本当なら、結花は見回りの叔母が母屋へ連れて行くはずだ。その疑問は、直ぐに解消される。

「結花ちゃん、どうせ大学で羽伸ばして遊び回ってるんだろ？　傷物だろうから、小石川に渡される前にやっちまおうぜ。俺たちの相手するくらい、どうってことねえよな」

「やるだけやって子ができても、小石川に渡しちまえば誰の子か分かりゃしねえ」

「もし鑑定されても、結花の子供なら婆さん達も許してくれるさ。女さえ産ませりゃ、相手は関係ないんだろ」

つまり従兄達は、祖母の目が届かないうちに結花を強姦《ごうかん》するつもりでやってきたのだ。

——この人たち最低だ。

跡取りである結花を、従兄達が昔から狙っていたのは知っている。けれど祖母の目が恐くて、近づくこともできずにいたのだ。大人になって多少常識的になったかもと期待していたのに、九條の名前が使える範囲でしか生きてこなかった彼らの精神は改善されるどころか酷くなっていたらしい。

「ったく本当なら、俺と結花が結婚する筈だったんだぞ。小石川なんて、よそ者が出しゃばりやがって」

「なに言ってんだよ。もし結花ちゃんの結婚相手を親族から選ぶ事になったら、子作りは平等にって決めてただろ」

「座り込んでないで、こっちへ来いよ結花ちゃん。ここじゃ狭いから、離れに行こうぜ」

「っ……」

側にいた一番年かさの男が、腕を摑んで無理に立ち上がらせる。そして引きずるようにして、斎希を外へと連れ出す。

「婆さんも、先はそう長くない。何かあれば、結花ちゃんが跡継ぎになるのは確定だ。そうしたら、俺たちの相手してもらう事になるから、ヨロシク」

勝手な事を言い笑い合う従兄達に、斎希は長年堪えていた怒りが爆発した。

「ふざけるな！　お前達みたいに本家から小遣いもらって遊び回る馬鹿に、結花は渡さない！」

「おい、こいつ結花じゃないぞ」

「斎希だ……」

外に出た斎希は、ウイッグを外して地面にたたきつける。子供の頃は一度も口答えせず、泣くだけだった斎希の豹変《ひょうへん》に、従兄達が怯《ひる》むのが分かった。

「なんだよ、じゃあ結花ちゃんは？」

遠巻きにこそこそと相談をする従兄に、斎希は辛辣《しんらつ》な言葉をぶつける。

「馬鹿ですね。結花はもう、安全な場所にいます。九條の手の届かないところだから、何もできません。閉じ込めておけば大人しくしているなんて、馬鹿の思い込みだ。僕も結花も、九條から離れるために努力していたって考えなかったんですか？」

恐いけれど言いたかったことが口から迸《ほとばし》り、止められない。それだけ、長年の怒りは大きかったのだと自分で気づかされた。

「こんな狭い土地でふんぞり返って、仕事もしてないのに偉そうにして。他に楽しみがないんですね」

「生意気言うな！」

「あなた達の価値観は、古すぎるんだ！　新興住宅街がもっと広がったら、地主だから何でも許されるなんて特権はなくなる」

「うるせえ！　お前がいなけりゃ、全部丸く収まったんだよ。どうせ叫んでも、婆さん達に聞こえやしねえ」

「そうだ。俺たちの方が多いんだから、恐がることはねえ」

「男でも顔は同じだ、犯しちまおうぜ。それに斎希なら、多少乱暴にしても本家は怒りゃしない」

「近づくな！」

これまで喧嘩などしたことのない斎希は、精一杯の力を振り絞って男達の手を振り払う。

しかし酔っていると言っても、数人に取り囲まれれば抵抗などできなくなった。

力ではとても勝てない。従兄達は苛立ちを隠しもせず、斎希を小突きながら離れへと連れて行く。そこには分家の男達も何人か待ち構えていて、酒をあおっていた。

――この人たち、結婚してる筈じゃ……。

斎希が幼い頃、祝言《しゅうげん》の手伝いをした中年の男達もちらほら見受けられる。怪訝《けげん》そうに斎希を眺めていた彼らだが、従兄達から説明を受けるとげらげらと笑い合う。

「ありゃ、結花ちゃんじゃねえのか。ま、結花ちゃんだと、お触りしかさせてもらえんだろうから斎希の方が都合がええ」

「たまにはこういう遊びもいいだろ」

「家じゃかみさんが煩くて、飲みにも行けん。それに相手するのは斎希だから、問題ねえだろうしなあ」

親族の男衆で結花を嬲《なぶ》るつもりだったと知り、斎希は身震いした。元々召使いのように扱われていたから自分の立場は弁《わきま》えていたつもりだ。しかし祖母に逆らったことで、親族間での斎希に対する認識は『どう扱っても、問題の無いもの』にまで落とされていたのだ。

「さてと、誰からやるんだ？」

「まずは本家筋からですよ。斎希が相手でも、順序は守って下さい」

好き勝手な事を言い合う親族を前に、斎希は唇を嚙《か》み締《し》めることしかできない。男の自分でも十分恐いのに、もし結花がこんな状況に置かれたら一生消えない傷になっただろう。

「ったく、やっと結花が手に入ると思ったのに……分家の親父《おやじ》たちは、人ごとでいいよな」

こんな時まで、血の繋がりで物事を決めるのかと、呆れかえってしまう。

——とにかく隙を見て、母屋へ逃げよう。この人達に犯されるよりマシだ。

怒り狂い、折檻用の杖《つえ》を持ち出す祖母が目に浮かぶが、打撲《だぼく》や骨折程度で済むならずっといい。そう覚悟を決めたとき、雑草をかき分けて人影が縁側から土足で入って来た。そして離れを見回すと、嫌そうに眉を顰《ひそ》める。

「うわっ、小綺麗なのは母屋の広間だけで、他の部屋はゴミと虫だらけじゃん。それにあの木戸が壊れてた小部屋なに？　拷問部屋《ごうもんべや》？　最悪っ」

帽子で体に付いた蜘蛛《くも》の巣を払いながら現れた茶髪の男を、斎希以外の男達は毒気を抜かれた様子でぽかんと見つめている。

――岩井さん。どうして来たの？

ジーンズに、明るい色のシャツと流行《はや》りのカーディガン。銀のアクセサリーとストールを首から垂らした姿は、この家では明らかに異端とされる格好だ。

「見ない顔だな？　婆さんに金借りにきたのか？　母屋は向こうだぜ」

「なんだ、都会で粋がってる野郎か。ひょろひょろして、喧嘩なんてしたことねえだろ。こっちも見なかったことにしてやるから、お前も大人しく金借りて黙って帰りな」

しっしと追い払うように手を振る従兄の一人に、岩井が無言で近づく。

「おい、聞こえてんだろ。返事くらいしろよ！」

「逃げて！」

「……なんだ、お前」

一人が怪訝そうに尋ねるのを無視して、岩井は斎希の肩を押さえていた従兄の一人を思いきり蹴り飛ばす。

「俺の妻に触るな」

低く獣の唸《うな》るような声に、側に居た別の男が後退《あとずさ》る。革靴の先が鳩尾《みぞおち》にでもヒットしたのか、蹴られた方は声も上げず壁まで転がり動かなくなった。

「おい！　てめえなにしやが……ひっ、肩が……」

肩をいからせて歩み寄ってきた分家の男を、岩井はあっさりと腕を摑んで背中へ捻《ひね》り上《あ》げた。すぐ鈍い音がして、男は呻《うめ》きながら床に崩れる。

——そうか、みんな仕事姿の岩井さんしか知らないから気がつかないんだ。

岩井が本家を訪れた時は、背広姿で眼鏡をかけていた。

あの日も親族は酔っていたが、しらふでも今の岩井とあの時の彼が同一人物と分かりはしないだろう。いきなり二人も動きを封じられ、親族達も焦ったようだが侵入者が岩井一人だけだと分かると、目配せをしあってゆっくりと取り囲んだ。

いくら酔っ払い相手でも、素手で五人を相手にするのは危険すぎる。けれどそこから先も岩井の独断場だった。指に嵌めたごつい指輪は凶器になり、殴《なぐ》られた相手はほぼ一発で倒れる。力任せに襲いかかる男達を岩井は身軽に避け、一人ずつ確実に失神させていった。

毛羽立《けばだ》った畳《たたみ》の上に呆然と座り込んでいた斎希は、近づいて膝を折る岩井を見つめる。

「驚いた？　こう見えて、荒っぽいこともそれなりに経験してるからね」

「どうして……宗則さん……」

聞きたい事は山ほどあるけれど、言葉が出てこない。しかし岩井は、斎希の前ではやはりいつもの彼だったと思い知らされる。

「セックス以外の時で、名前呼んでくれたの初めてだね！　スマホに録音しておけばよかった」

「馬鹿な事言ってないで、逃げて下さい！」

「どうして？　邪魔する連中は、気絶してるし。母屋じゃまだ、会議……っていうか欲望丸出しにした罵り合いの真っ最中だよ」

確かに今は、逃げる最大のチャンスだ。けれど逃げたところで、自分には行く宛《あ》てもない。

斎希は首を横に振り、もう一度岩井を促す。

「来てくれただけで、嬉しいです。あの裏の木戸から出られますから。岩井さんだけでも逃げて、結花と小石川さんに早く結婚するように伝えて下さい」

「なに言ってるの。君も一緒に、逃げるんだよ」

「何処へです？」

ここへ来たと言う事は、岩井は帯留めがなくなったことを知っている筈だ。斎希のために、わざと隠していたのだと今なら分かる。あえて帯留めを取り上げていたのも、斎希の身を守るためだ。なのに甘い話に騙《だま》され、努力を無駄にしてしまったのは自分の責任だ。

「こんなに気遣ってもらったのに、僕は邪魔することばかりして……今更岩井さんを頼るなんて、そんな事はできません」

なのに岩井は、いつもの笑顔で斎希を抱きしめる。

「こんな辛気《しんき》くさい所じゃなくて、君が君らしくいられる場所へ行けば考えも変わるさ。嫌だって言っても。連れていくから」

抱き上げられ、斎希は本家の裏門を出る。

そういえば、岩井に攫われるのは二度目だと思い出した。


「たしかこの道を抜ければ、幹線道路に出る。それまで走れるかい？」

振り袖は邪魔になるので途中で帯ごと捨てたので身軽だが、足下は礼装用の革草履《かわぞうり》なので舗装されてない山道は滑りやすい。

その上、長襦袢《ながじゅばん》だけでは流石に寒いので岩井のジャケットを羽織っているけれど、動いて汗をかき、体が冷えてきて脚がもつれ始める。

「僕の居場所が、どうして分かったんですか？」

「君が行く所なんて、あの状況じゃ本家しかないだろう。本当はもっと早く来たかったんだけど、ちょっと手間取ってね」

手を引かれ、急な坂を半《なか》ば転げるように下ると急に視界が開けた。

「ここって……」

遠くに、新興住宅街の灯りが見える。

「数日前に開通した新しい国道だよ。少し戻れば、住宅街へ繋がる橋もある」

まだ整備途中だが、いずれこの辺りも整地されて住宅や学校を建てるのだと岩井が言う。

――本当に、九條本家の周りだけ時代に取り残されてたんだ。

自然豊かな立地といえば聞こえはいいが、手入れのされていない山際の土地なので少し入ると不法投棄の電化製品が転がっていたりする。

開発が始まった頃から、祖母を含めた発言力のある親族は、上手いこと騙されて利便性の良い土地だけを売ってしまったのだろう。

ある意味被害者でもあるが、ろくに調べもせず現在の窮状は自分や結花に責任を取らせればいいという考えは理解できない。

「少し休もう。メールをしたから、少しすれば知り合いが来てくれる」

「小石川さんですか？」

「いいや、彼には結花ちゃんの保護と帯留めの管理を任せてきた」

結花は無事に、小石川の元へ帰れたと分かり胸をなで下ろす。しかし斎希は『帯留め』と聞いてはっとした。

あれを比良に渡してしまったのは自分だ。

それなら勝手に岩井の仕事机を開けたのも、知っているだろう。

「あの……」

「元々は君の持ち物なんだから、変な事気にしなくていいよ。それより帯留めがどうして小石川の所にあるのか、知りたくないかい？」

怒るどころか面白がっている岩井に、斎希は首を傾《かし》げる。

「比良が帯留めを手に入れた直後に、質へ持ち込んで足が付いたんだ。俺の方でもちょっと調べていて、気になることがあったからあらかじめ大手の質店には連絡を入れておいたんだよね」

すぐに金を欲しがっていた比良は、足が付くなど考えず繁華街の質屋へ持ち込むと岩井は最初から見越していたらしい。

見事に予想は当たり、直ぐに比良は店からの通報を受けた警察に任意同行されたのだと続ける。

「でもあれは、僕が渡したって言ったら比良は罪には問われないんじゃないですか」

「あいつは他にも、軽犯罪がぼろぼろあったからね。それに帯留めの価値からして、あいつが君から買い取ったと言っても、誰も信じないほど高価なんだ」

益々、わけが分からなくなる。たしかにあの帯留めは年代物で、素人の斎希や結花が見ても品のある物だった。

「代々の当主が身につけるってだけあって、あれは貴重な品物だったよ。本当の価値を知りながら数十万で質屋に買い取ってもらって喜んでたら、明らかに疑われる」

「そんなに高いんですか？」

「値はつくけど、どっちかって言うと博物館レベル。ちゃんと鑑定したら、国宝になる可能性もあるって。だから今は小石川君のツテで、信用できる研究所に鑑定を頼んでいる最中ってわけ」

——捨てなくて良かった。

帯留めがあるから、自分も結花も苦しむのだと考え何度実力行使に出ようと思ったか分からない。

しかし帯留めを捨てたところで、九條の因習は消えないと気がついてからは、視界に入れないようにしていた。

体の力が抜け、地面に座り込みそうになった斎希を岩井が支え、胡座《あぐら》をかくとその上に乗せてくれる。

「服が汚れます！」

「いいって。斎希を直接地面に座らせる方が、俺は嫌だし。それよりなんでこんな危険な真似をしたの。俺と小石川君に任せていれば、大事にはならなかったのに」

「……結花は強がっているだけで、本当は弱いんです」

両親と過ごしていた頃から、性別が逆なのではとよく言われる兄妹だった。でも結花の強さが空元気であることを、両親と斎希だけは知っている。

執拗《しつよう》に追いかけてくる親族から逃げ回る日々に疲れ、罪悪感に泣いている母を慰《なぐさ》めるのは結花の役目だった。

本家に引き取られてからは、斎希を守れるのは自分だけとすぐに理解して、虐めてくる親戚の子供達にわざと横柄な態度も取っていた。

そんな結花も、斎希と二人きりになると、喧嘩は嫌だと言って泣いていたのを思い出す。

「次期当主とはいえ、家を出た母の子供ですから弱みを見せれば何をされるか分からないと、結花自身がよく分かっていました。だから結花は威張《いば》る女の子を演じて、僕は分かりやすく虐められる抵抗しない子供として九條の中で生きてきたんです」

ターゲットは弱い方がいい。結花も祖母の贔屓《ひいき》があると知られていて手は出せないが、何かの拍子《ひょうし》に監視の目が外れれば、立場を妬《ねた》む親族が何をするか分からない。

だが斎希は、完全に邪魔者だ。だからあえて自分を虐めやすいようにし、親族達の矛先《ほこさき》を向けさせた。

お陰で酷い目にはあったものの、結花への理不尽な嫉妬《しっと》は減った。

そして結花も自分の立場を利用し、斎希が過度に暴力を振るわれないよう気を配り、必死に生きてきたのである。

「――だから僕も結花も、相手を守る為なら何でもします。身代わりになる事だって、厭《いと》わない」

「でも結花ちゃんは、跡取りだよね？　なのにどうして閉じ込められてたの？」

「閉じ込められたのは、結花が祖母を怒らせるような事を言ったからだと思います。多分ですが、好きでもない相手と書類上とはいえ結婚を迫られたとか……」

たとえ小石川が助けてくれると分かっていても、座敷牢に入れられたことのない結花を、不安な状態で置いておけないのだ。

「それにあの男達は実際、扉を壊して来ました。最初から祖母の隙を見て、結花を乱暴して既成事実を作るつもりだったんです」

女系家族でも、家を継ぐ事を拒否している結花の地位は不安定だ。

さっきの従兄達みたいに、最悪の場合無理に関係を迫る者も出ると斎希は考えており、それは最悪の形で現実になってしまった。

「だからって、斎希が身代わりになる必要はないだろ。どうして一緒に逃げなかったの」

「二人で逃げる自信は、なかったんです。この辺りの道も、大分変わってましたから。下手をしたら分家の人に見つかって、連れ戻される危険の方が強かった。でも僕は慣れてるから……」

　殆どの親族は本家に集められているが、縁が薄く会議に呼ばれない者も当然いる。そんな彼らにしてみれば、本家から逃げた結花と斎希を捕まえることは、末席の自分達を祖母に売り込む絶好の機会になる。

　昔から、親族には大人子供問わず虐めの対象にされていた。

　女系家族で築いて来た輪を乱す、異分子。そう祖母から詰《なじ》られれば、当然親族も当主である祖母に倣《なら》う。

　ただ手酷く殴るのは祖母だけの特権で、他の者からは罵声《ばせい》や無視といった、精神的に堪える虐めを受けていた。ふざけ半分に子供から石を投げ付けられたりしたけれど、幸い酷い怪《け》我《が》にはならなかった。

　そんな過去を、斎希はぽつぽつと話す。

「あの部屋には、よく閉じ込められてたの？」

「はい。祖母の機嫌の悪い時は必ず。でもいいこともありましたよ。あの部屋にいれば、杖でぶたれることもないですから」

　それは斎希にとって日常だったから、口にすることに抵抗はない。けれど岩井は、真剣な顔で黙り込む。

「……岩井さん？」

「決めた——やっぱり九条家は潰すから、怒らないでね。俺ああいう陰険《いんけん》なやり方嫌いなんだよ」

「突然何を言い出すんですか」

「俺が陰険な仕返しするのはいいけど、されるのは嫌なんだ」

正直、自分の心にこんなどろどろとした気持ちがあるなんて、斎希は気がつかなかった。自分さえ我慢すればいいと考え、必死に耐えてきた日々を、岩井は『怒って』くれたのだ。

嬉しいと思う反面、親族に対する恐怖やなけなしの正義感が心の中で渦巻く。

「勝手ですね」

ぽつりと呟くと、岩井が大真面目に頷く。

「俺が駄目なヤツってのは、斎希は分かってるよね？　本当はもっと酷いやり方もあるけど……言ったら斎希は俺を、嫌いになるから言いたくない……」

「僕が了承したら、するつもりですか？」

「うん。斎希は優しすぎるから、代わりに俺が復讐する」

変なところで、律儀《りちぎ》な人だと思った。

不真面目で斎希の知らない所では、汚い仕事もしているのは分かっている。それを責めるつもりもない。

黙って何かをしてしまえば、斎希は何も知らないままでいられる。これが九条家の事でなければ、岩井もいつも通りの仕事をしただけだろう。

でもあえて確認してくるのは、僅かでも血の繋がった親族相手だからだ。

「好きな子がさ、理由もなく閉じ込められたり、ぶたれたりしてたなんて知ったら仕返ししたくなるのは当然だろ。その……今までは言葉で虐められてた程度に考えてて、不甲斐《ふがい》ないよね」

その言葉で責め立てられる方が傷つくのだと説明したら、岩井はどんな反応をするだろうか考えたが、不毛なので止めた。

正直、誰が聞いても不快な話だと思う。知ったところで、何かが変化するわけでもない。

——僕は岩井さんが好きだけど、岩井さんからしてみたらいずれ僕の存在は重たくなる。だったら早く、別れた方がいい。

別れるならばせめて、好きな人にはこれ以上余計なことを知らせずにいるべきだと斎希は考える。

「話を戻しますけど、やっぱり僕はここに残ります。岩井さんは行って下さい。あなたと逃げたかった。でも、無理です……僕には行き場が無い」

「えっ」

逃げたところで、戸籍を女にされている以上、就職や結婚と言った事は制限される。これまで散々岩井に迷惑をかけたのに、逃げてもなお気遣われるのは申し訳ない。

「助けてくれて嬉しかったけれど、僕はここに残ります。どうせ僕という存在は、いてもいなくても同じなんです。だから……」

「斎希、そんな自分を卑下《ひげ》するような事を言うんじゃない！」

両肩を掴み、叱責《しっせき》する岩井の表情は悲しげだ。

「確かに俺は、頼りないかもしれない。君の心の傷を、全て理解してないのも認める。でも俺は斎希が好きで、どれだけ時間がかかっても斎希を幸せにしたいんだ」

岩井の口ぶりから、斎希は自分の悩みが見透かされていると知る。そして心を閉ざそうとする斎希を、必死に引き留めてくれている。

その優しさに甘えたくなったけれど、これだけ強く自分を想ってくれただけで斎希は十分だった。

「道が舗装されていないから、草履の足跡が残ってます。祖母は高齢ですが、足腰はしっかりしてるので、僕が逃げたって分かればすぐに追いかけてきます。捕まれば、岩井さんも折檻されますよ」

親族が自分を嬲る事で鬱憤を晴らしている間に、逃げて欲しいと斎希は訴える。

「いや、だから俺は君を助けに来たんだって」

「それは無理なんです！　どうせ、僕は捕まります。助けに来てくれたことには感謝してますが、僕は何もお返しができません」

「君が俺の所へ戻るのが、お返しになる」

「嫌です。迷惑をかけたくありません。僕は折檻には慣れてますから、気にしないで。それと……結花には僕は上手く逃げたとだけ伝えて下さい」

本家に捕らわれたままと知れば、結花は自責の念に駆られてしまう。そんなことを、斎希は望んでいない。

「慣れていても、傷つかないわけじゃないだろう！」

「だって宗則さん、僕が可哀想《かわいそう》だから来てくれただけでしょう！　僕と宗則さんの関係は、お金で繋がってるだけで……九條の土地が売れないなら、僕は必要ない」

「土地なんてどうでもいい。君に会った日に、一目《ひとめ》惚《ぼ》れしたんだ。でなけりゃお持ち帰りなんてしないよ」

「じゃあどうして、帯留めを返してくれなかったんですか！　正直に話してくれればいいのに、酷い事言って脅して！」

膝に乗せられ抱きしめられたまま怒鳴り合っている自分達は、どこか滑稽《こっけい》だと頭の隅で思う。

しかし、ここで説得しなければ、岩井を巻き込んでしまう。

「もっと広い世界を知れば、君は俺から離れると思ってた。それと……君の困った顔が可愛かったって理由もある。ごめん」

「言い訳なんて、最低です。ついでに、馬鹿であほです！」

信じられない理由を真顔で告げる岩井に嬉しい反面、怒りがこみ上げてくる。

馬鹿馬鹿しくて頭にきて、でも好きな気持ちは変わらない。

――なんだよ、この人。僕の気持ちを滅茶苦茶にして！

「あんな事しておいて、今更広い世界なんて僕にはないです！　僕には宗則さんしかいないのにっ」

「分かってるなら、離れる必要なんてないだろ」

好きだからこそ、彼を危険な目に遭わせたくない。どうしてそれを分かってくれないのか、斎希は苛立ちを隠せない。

「嫌っ離して」

「離さない」

抱きしめる腕から逃げようとするけれど、簡単に押さえ込まれてしまう。


腕の中で泣きじゃくる斎希に、岩井はそっと口づける。

――甘く考えてたなあ。

自分もそれなりに酷い人生を送ってきたが、それは自分でどうとでもできる範囲での事だった。

家業はまともだが、金があれば当然比良みたいに素行の悪い連中も付きまとう。

小石川家くらいの名家になれば追い払えるが、岩井家は国内で知られている程度の規模でしかない。

下手を打てば、金目当ての連中に騙されて会社を乗っ取られることもある。

そういった危機管理の対処法は学んだが、長年にわたり人間性を根本的に否定するような事は、経験したことがなかったし被害者を見たこともない。

斎希はまだしゃくりあげながら、必死に『ここは九條の息のかかった者の多い地区だから、危険だし、捕まれば何をされるか分からない』と呟きつづけている。

逃げられるのに、自ら枷《かせ》を嵌めているとしか思えない。だが、斎希は岩井の事を心配しているからこそ、己《おのれ》を犠牲にしようとしているのだ。

——こういうのは、嫌だね。不幸が当たり前の人生なんて、馬鹿馬鹿しい。

「斎希。結婚しよう」

「……は？」

「それで君を、世界一幸せにする」

唐突な宣言に、斎希が黙る。

「あれ？　喜んでくれないの？」

「時と場所を考えて下さい……宗則さんっ、来ました」

少し離れた場所から、強い懐中電灯の光と、怒号が聞こえてくる。怯えて震える斎希を強く抱きしめ、岩井は追っ手から見えるようにわざと立ち上がった。

「隠れないんですか？」

「こっちもそろそろ、到着するから。目印になった方がいいと思って」

マナーモードにしたスマホが、先程からポケットで振動しているのは確認済だ。

——さてと、仕上げにするか。

追ってきたのは岩井に殴られた男達ではなく、年配の親族だ。その中心には、杖を振り回し鬼の形相《ぎょうそう》で迫る斎希の祖母の姿も見える。

「大人しくしろ！」

「そっちこそ落ち着かないと、血圧が上がるよ。それに俺は、お年寄りを殴る趣味はないんだよね」

「若造が、馬鹿にするな！」

「ここは九條の土地だぞ。ただですむと思うなよ」

土地の取引相手でもある岩井とはまだ気がつかないらしく、親族は口々に罵声を浴びせながら詰め寄ってくる。

しかしこの騒ぎは、意外な人物が来たことで唐突に終わりを告げた。

「岩井様！　これは一体どういう事ですか？」

「あー、佐竹《さたけ》君！　こっちこっち！」

懐中電灯を振り回しながら、背広姿の男性を中心に黒服の男達が山を登って来るのが見えた。

先頭の中年男性はともかく、周囲を固める屈強な男達に、斎希だけでなく追いかけてきた九條の親族達も呆気にとられた様子で動きを止める。

「斎希、詳しい事は後で話すよ」

それまでの軽い雰囲気とはがらりと変わり、岩井の目が鋭くなる。仕事をする時の表情だと、斎希は直ぐに気づいた。

そのまま岩井は、佐竹に視線を向けて促す。

「——すまないが、君の名刺を彼らに見せてやってもらえないか」

呆然としている間に、岩井と斎希は黒服達に周囲を固められてしまう。何をされるのかと怯えて、無意識に岩井の腕にしがみついた。

「大丈夫。この背広の人たちは、味方だよ」

「私、皆瀬議員の第一秘書をしております。佐竹と申します。九條家の方々の中には確か、事務所でお会いした方もいらっしゃいますね」

佐竹と名乗った男も状況よくを飲み込めていないようだが、岩井の指示に従うのがよいと考えたらしい。

それまで殴りかからんばかりの勢いで詰め寄っていた親族は、議員の名と黒服集団に怯えきっている。

どうにか叔父《おじ》の一人が、声を震わせながらも疑問を口にした。

「あ……あの、どうして皆瀬先生の秘書様が……」

「いやあ、先生と岩井様は大学時代に同じゼミだったんですよ。それがご縁で、お付き合いが続いてまして——そういえば、小石川様もいらっしゃると聞いたのですが。是非《ぜひ》先生が挨《あい》拶《さつ》したいと申しておりまして」

「小石川君は仕事で来られなかったんだよ。後日改めて、伺うと言っていた。伝言で申し訳ない」

「いいえ、お気になさらないで下さい。お忙しいのは、十分承知しております」

本当に事情が分かっていないのか、佐竹は終始にこやかだ。それが逆に恐いらしく、親族達の顔は夜目にも青ざめていくのが分かる。

「ああ、九條家の皆様……」

改めて佐竹が祖母達に向かい、丁寧に頭を下げた。

「折角のご縁談でしたが、こちらも事情がありまして破談にさせて頂いた事は心苦しく思っております。ですが、小石川様が将来を約束された方を、皆瀬家に迎えるのは先生としてもやはり問題だという話になりまして。そのご説明に伺ったのですが……」

「という訳だ。これ以上、余計な口出しをするならそれなりの報復はする。後日改めて、今回の件に関して話し合いの場を設けるから、皆さんは本家へ戻った方がいいのでは？」

硬直していた親族達は、やっと自分達が非常に不利な立場にいると気づいたらしく慌てて本家へと駆け戻っていった。

「皆瀬議員はうちとは懇意でね。言ってなかったっけ？」

呆然とする斎希に、岩井がわざとらしく小首を傾げる。どうやら驚く様子を見て、楽しんでいたらしい。

「聞いてませんっ」

「ついでに言うと、小石川君と結花ちゃんの事も教えてあるよ。だから本家は、もう結花ちゃんにも手は出せない」

自分のあずかり知らぬ所で、全て理想の形で物事を進めていた岩井に斎希は驚いた様子で見つめてくる。

「もしかして、宗則さんて……すっごく人脈あって仕事ができる人なんですか」

「気づいてなかったの？」

仕事モードに入った岩井は確かに有能だが、マイペースな普段の彼を長く見ている斎希にしてみれば意外な事ばかりらしい。悲しげに額を押さえていた岩井だが、まだ佐竹がいる事を思い出して、冷静な表情を作り彼へ視線を向ける。

「面倒な事に巻き込んで申し訳なかった。後日、皆瀬にも直接礼を言いに行くよ。それで手伝いついでに、もう一つ頼まれてくれるかい？」

「ええ、皆瀬先生からは、岩井様の仰るとおりにするよう言付《ことづ》かってますので」

静かな笑みを崩さず、余計な事も聞かない佐竹は秘書の鏡だ。

一見穏やかな中年男性を前に、どうしてか斎希は岩井の服を摑んだまま離れない。利己的な感情むき出しの親族より、感情を表に出さない人間の方が恐いと本能で気がついたのだろう。

「ねえ斎希。俺も小石川君も、こういった人たちとの繋がりが深い人間だけど、それでもいいの？」

顔も見ないで問うと、斎希が一つ深呼吸をしてから答える。

「なんだかんだ言って、僕も九條の考え方に束縛されてたんだって気がつきました。まだ勉強が足りません」

本家のやり方は汚く稚拙《ちせつ》だが、思考停止さえしていれば生きていける環境が用意されていた。

でも斎希も結花も、理不尽な不幸を嘆《なげ》くだけの生活が嫌で外へ飛び出したのだ。

「僕が知らないこと、恐いことも沢山あるんでしょう？　岩井さんは、教えてくれるって約束してくれましたよね」

「うん。楽に生きる方法もあるけど、俺と一緒にいたいなら恐いこともある。でも君を守ると約束するから、側にいてほしいな」

「……はい」

声を詰まらせながら頷く斎希を、岩井はそっと抱きしめた。


皆瀬議員の秘書は、岩井の要望に素早く応えてくれた。九條家から山一つ挟んだ高級温泉旅館をすぐさま手配し、二人を送り届けてくれたのである。

夕食もとうに過ぎた時刻にも拘《かか》わらず、女将《おかみ》を筆頭に従業員が総出で出迎え、夜食の準備もすぐに調うと告げられる。女将の先導で一番奥の部屋に通された斎希と岩井は、部屋に入ってやっと肩の力を抜いた。

「ごゆっくりどうぞ。お夜食は出来上がり次第《しだい》お持ちしますので、内風呂で温まって下さい。斎希様の着替えは、明日にでも業者に届けさせますがよろしいですか」

「助かるよ。斎希、俺が着てるブランドの物になってしまうけどいいかな？」

「着られれば、ジャージでもなんでもいいです」

ここから岩井のマンションまで車で移動になるとは言え、やはり女装したままは恥ずかしい。

女将が襖《ふすま》を閉めて改めて二人きりになると、岩井はすぐに風呂へ入るように斎希を促した。旅館は部屋ごとに温泉が引いてあり、気兼ねなく手足を伸ばせるのが心地よい。温泉から上がると、用意してあった浴衣《ゆかた》を着て部屋へと戻る。白地に紺色《こんいろ》で流水をあしらった浴衣は着心地《きごこち》が良く、やっと斎希はほっとして肩の力を抜く。

岩井は斎希が温泉へ入っている間に仕事をしていたようで、出るとノートパソコンとにらめっこをしていた。

「出ましたから、お風呂をどうぞ」

「うん……って、帯結べるの？　折角着崩した姿が見れると期待してたのに……」

馬鹿げた妄想《もうそう》は無視して、斎希はさっさと話題を変えた。

「お仕事、してたんですか？」

「んー、皆瀬と部下にメールしてただけ。斎希は何も心配しなくていいからね」

言うと斎希の問いを聞く前に、内風呂へ入ってしまった。ただ十分もしないで戻ってきた岩井は、案の定浴衣の合わせすら分からない有様で、粋《いき》な三枡《みます》をあしらった模様が皺になり、斎希がため息をつきながら直す羽目になった。

その後も、タイミング良く夜食が運ばれてきたので、真面目な話をする雰囲気ではなくなる。

——やっぱり、岩井さんといると軽いノリが移るみたい。

浴衣姿でも、やはり岩井は普段通りだ。下らない世間話をしたかと思えば、徐《おもむろ》に斎希の横に座って甘えてくる。あの佐竹という秘書も、その上司である議員も知らない姿だ。それを独占している優越感が心地よいと、斎希は自覚してしまう。

「斎希ちゃん、天ぷら食べさせて」

「どうぞ」

素早くシシトウを口に突っ込んでやると、運悪く辛いのに当たったのか岩井が悶絶《もんぜつ》する。

「ううっ、水……」

——本当に、黙っていれば格好いいのに……。

こうしていると、つい数時間前までの出来事が夢のようだ。そして同時に、逃げ出した親族の情けない姿を思い出し、本家に怯えていた自分が馬鹿馬鹿しくなる。

「さてと食事も終わったし、そろそろ本家の話をしようか」

「はい」

居住まいを正し、斎希は岩井と向き合う。彼は眼鏡をかけていないけれど、その表情は仕事モードに入っていると分かる。

「予想は付いてるだろうけど、今の九條家は先祖の残した遺産を親族達が食いつぶして何もない状態だ。自業自得だけどね」

「でも、温泉の開発があるはずじゃないんですか？」

たしか九條の持つ山全体が相当な価値があるはずで、その一攫千金《いっかくせんきん》を狙い自分と結花を出資者に差し出す算段をしていた筈だ。

「残念だけど、九條の土地は無価値なんだ。地脈も調べたけど、温泉どころか僅かな地下水脈しかなかったよ」

「どうして本家に言わなかったんですか！」

「説明しても彼らは信じないだろう。下手に自暴自棄《じぼうじき》になられて、揉め事を起こされると大変だからね」

全ては岩井の手の内で転がされていたと知り、改めて彼がまともに仕事をしていたのだと感心する。

「あれ？　とっても失礼な事、考えたね。斎希ちゃんだからいいけどさ」

表情に出てしまったのか、岩井が少しだけ意地悪く口の端を上げる。しかし斎希の考えは想定内だったらしく、問い詰めることもせず話を続ける。

「ともかく高値が付くのは、も少し南側のこの辺りだけかなあ。少し先に神社があるの知ってる？」

「あの古いお社ですか？」

寂《さび》れていて、九條本家は見向きもしなかった場所だ。

随分前に役場から寄進を頼まれたが、強欲な本家は価値のない物に一円も出せないと、門前払いをしたと聞いている。それがきっかけで管理する神主《かんぬし》が不在になり、今では完全に荒れ果てていた。

「調べてみたらあの神社は国宝級の建築物で、立て直しに協力する神主も名乗り出てくれたよ。いずれはうちが中心になって、温泉と神社がパワースポットになると宣伝する形で観光事業を進めるつもりなんだ」

どうやら温泉源は、この旅館と神社付近に集中しているようだ。そこで働けば、九條の人々も食いっぱぐれることはないと岩井が続ける。ただし、これまで地主として横暴に振る舞ってきた彼らがまともに働けるのかは、本人次第だとも言って意地悪く笑う。

「ともかく、九條家は半年以内に破産だ。地元の銀行に借り入れがあると報告が上がってね。皆瀬議員に返済を最短にするようにメールした所だよ」

それで風呂上がりに、パソコンで何やら仕事をしていたのだと合点《がてん》がいく。

「これで君を正式に、お嫁さんとして迎えられるね」

「本気だったんですか？　だって僕は、男ですよ。九條家に資産もないから、何の価値もない」

あの九條家が、斎希に資産など渡すはずがない。渡すとしたら借金ぐらいのものだろう。口に出すと改めて、自分が何の価値もないと思い知る。

強がってはみたものの、斎希の手を取って九條家から連れ出してくれた岩井の力強さを思い出し涙ぐんでしまう。

「さっき約束したよね。俺は君を一生守る……軽薄な男の告白じゃ、信じられない？」

「信じてます。ただ僕は岩井さんの側にいられるような、人間じゃないから」

戸籍は女性のままで、親族には穀潰《ごくつぶ》ししかいない。泣き出す斎希の肩を、岩井がそっと抱きしめる。

「いつも思ってたけど、泣き虫なんだね」

「自分でも、情けないって思います……鬱陶《うっとう》しいですか？」

「いいや、泣き顔も笑顔も可愛いよ」

零《こぼ》れそうになっている涙を、岩井が舌で舐め取る。くすぐったくて小さく笑うと、岩井がほっと息を吐くのが分かった。

「これからは、悲しい涙は流させないからね。君には天使のような笑顔が一番似合う」

芝居がかったような台詞も、岩井が言うと様になる。

「馬鹿な事、言わないで下さい」

「確かに、俺は馬鹿だったよ」

真顔になり、岩井が頭を下げた。

「斎希が苦しんでいたことに正面から向き合ってあげられなくて、ごめんね」

それは仕方がないことだと、今なら理解できた。特殊過ぎる環境をあっさりと理解してくれた、小石川の方が特殊だったのだ。

「それは仕方がないですし。今はもう、理解してくれてるじゃないですか。それに……来てくれただけで嬉しかったから、もういいです」

理不尽な事は、経験してみなければ分からない事も多い。特に斎希は長年にわたって虐待を受けていたから、自分自身でさえ何処から何処までが理不尽の範囲か未だ理解しきれていない。

「僕はまだ、本家の人たちから受けた理不尽を認める事ができていません。きっとこれからも、岩井さんには理解できない言動をすると思います」

自分が犠牲になれば、皆が幸せになると本気で思い込んでいた斎希を、岩井は強く叱ってくれた。しかし何度も続いたら、流石に呆れるだろう。

「それなら俺だって、斎希に呆れられるようなことばかりしてるからお相子だよ」

「でも」

「俺ね、すっごく悪い事もしてるよ。ほら、小石川君だって警戒してただろう。愛想尽かされるのは俺の方が先じゃないかな」

「そんなことありません!」

思わず詰め寄った斎希はバランスを崩して、そのまま岩井の腕の中へ倒れ込む。

「積極的だね。温泉旅館で抱き合うのも、雰囲気あっていいよね」

「何を言い出すんですか。まだ話は……」

「終わったよ。だからもう、君を堪能させて」

抱き上げられ、隣室に入るとそこにはぴたりと寄せられた布団が二組敷かれていた。

「ここの女将は、気が利くね」

「岩井さんっ」

「名前で呼んでよ」

上掛けを避《ど》けて、斎希は綺麗に整えられたシーツの上に降ろされた。浴衣の帯を解かれ、まだ温泉の温もりが残る肌を岩井の手がそっと愛撫する。

「む、宗則さんも、脱いで。それと、灯りも消して下さい」

何度も素肌を曝しているが、普段は彼のベッドで抱き合う。それにいつもと違う環境が、斎希の羞恥心《しゅうちしん》を煽った。

枕元に置かれた行灯型《あんどんがた》のランプは、淡いオレンジ色の光で二人の顔を照らす。

「斎希、綺麗だよ」

「や……見ないで」

下着を脚から抜き取られ、生まれたままの姿を曝す。岩井も脱いだけれど、恥ずかしくて堪まらない。

「ぁっ……」

「少し脚を撫でただけで腰が跳ねるなんて、いやらしい体だね」

羞恥に涙ぐむ斎希の目尻に、キスが落とされる。その間も岩井の大きな手は滑らかな肌を這《は》い、開発された性感帯を一つ一つ確かめるように擽《くすぐ》る。

「ひ、ぁっ……意地悪、しないでくださいっ」

シーツの上で身悶《みもだ》える斎希だが、岩井の手は逃げることも秘所を隠す事すら許してくれない。緩慢な愛撫で勃起した自身の先を指の腹で弄られ、堪えきれず涙を零す。

「も、やぁ」

「何が欲しいか、言ってごらん」

低く甘い声が、卑猥《ひわい》な願いを促す。

整いすぎた顔が至近距離にあり、その瞳《ひとみ》には自分しか映っていないというのは、とにかく心臓に悪い。

「う……恥ずかしいから、もう少し顔を離して下さい」

頼むと、岩井がクスリと笑い距離を作ってくれるけど、それでも吐息がかかる程度には近かった。

汗で張り付いた前髪が岩井の艶《つや》を引き立て、斎希の胸は自然と高鳴る。彼は自分の痴態を見て、欲情しているのだ。とてつもなく恥ずかしいのに、同時に嬉しくもなる。

仕方なく斎希は、なるべく視線を合わせないようにしつつ、彼の望む言葉を口にする。

「……宗則さんを、下さい。奥までいっぱい、挿《い》れて。それで——」

すこし黙ってから、意を決する。

「今夜だけは、犯さないで抱いて下さい」

今まではずっと、『犯されているのだから、君は被害者だ』と岩井は言ってくれた。でも互いの想いが通じたのだから、もう必要のない言葉だと思う。

「それは無理だよ」

「……どうしてですか」

泣きそうになる斎希の頬にキスを落とすと、岩井が頭を撫でてくれる。

「今夜だけじゃなくて、ずっとだよ。斎希。奥さん犯す旦那なんて最低だからね。今まで、ごめんね」

ずっと心に蟠っていたものが、溶けていくのが分かる。

「遊びや性欲処理じゃなくて、婚前交渉のつもりで斎希を抱いてたよ。でもそんな事を言ったら、真面目な君は何かあるんじゃないかって考え込むだろう？　実際、君には色々と隠し事もしていたし……でも不安にさせた時点で、やっぱ駄目だなあ」

——岩井さんは、やっぱり優しい。

彼との同居が始まってからのことを、斎希は思い出す。意地悪なことを言う時もあったが、岩井はずっと優しく抱いてくれていた。

「斎希ちゃん？」

「あの、今思い返してたんですけど。僕、宗則さんに犯されたこと、ありません」

「そんな、気を遣わなくていいって」

「お強請りはしましたけど、宗則さんは僕を優しく愛してくれてました……宗則さん以外の相手は知らないけど、大切にされてたのは分かるから」

「参ったな」

艶のある笑みに見惚《みと》れていると、愛撫が再開される。いつの間にか脚の間に岩井の体が入っていて、閉じることはできない。半勃ちになった自身の先端には先走りが浮かんで、これから与えられる快楽を予期してか、不規則に震える。

「愛してるよ、斎希」

呼ばれて、彼に意識を向けると、硬い先端が押し当てられた。散々受け入れてきたから、先走り程度の滑りがあれば、多少辛いけど挿入は可能だ。入り口の具合を確かめるように、鬼頭が浅い出入りを繰り返す。

「んっ……ぁ。嫌……」

焦らす動きに、腰が浮く。内部を雄で突き上げられる快楽を知ってしまった斎希は、自ら膝を曲げて受け入れやすい格好になる。

「はや、く……っん」

くぷりと音を立てて、カリまでが中に押し込まれた。前立腺すれすれの当たりを擦られ、斎希は理性を手放しそうになる。

「前立腺だけでもイけるけど、斎希が好きなのは一番奥だよね」

「言わないで……あ、もう……」

「だって、言うと斎希の中すごく締まるから。言葉で虐められるのが好きなんだよね」

焦らすようにゆっくりと雄が挿入され、同じ速度で入り口ギリギリまで抜かれる。敏感な内部を丁寧に愛され、斎希は甘い声で泣き出してしまう。

「あ、ぁ……だめ……」

「前に触っていないのに、ずっと精液がこぼれてるね」

先端からは、蜜液がとろとろと零れて止まらない。一気に放つ解放と違い、中途半端に長い射精は上り詰めた状態が持続している証拠だ。

「いや、いやっ」

「どうして、感じてるのに止めたいの？」

「ちがう……意地悪、しないでっ……っくぅ……ああっ」

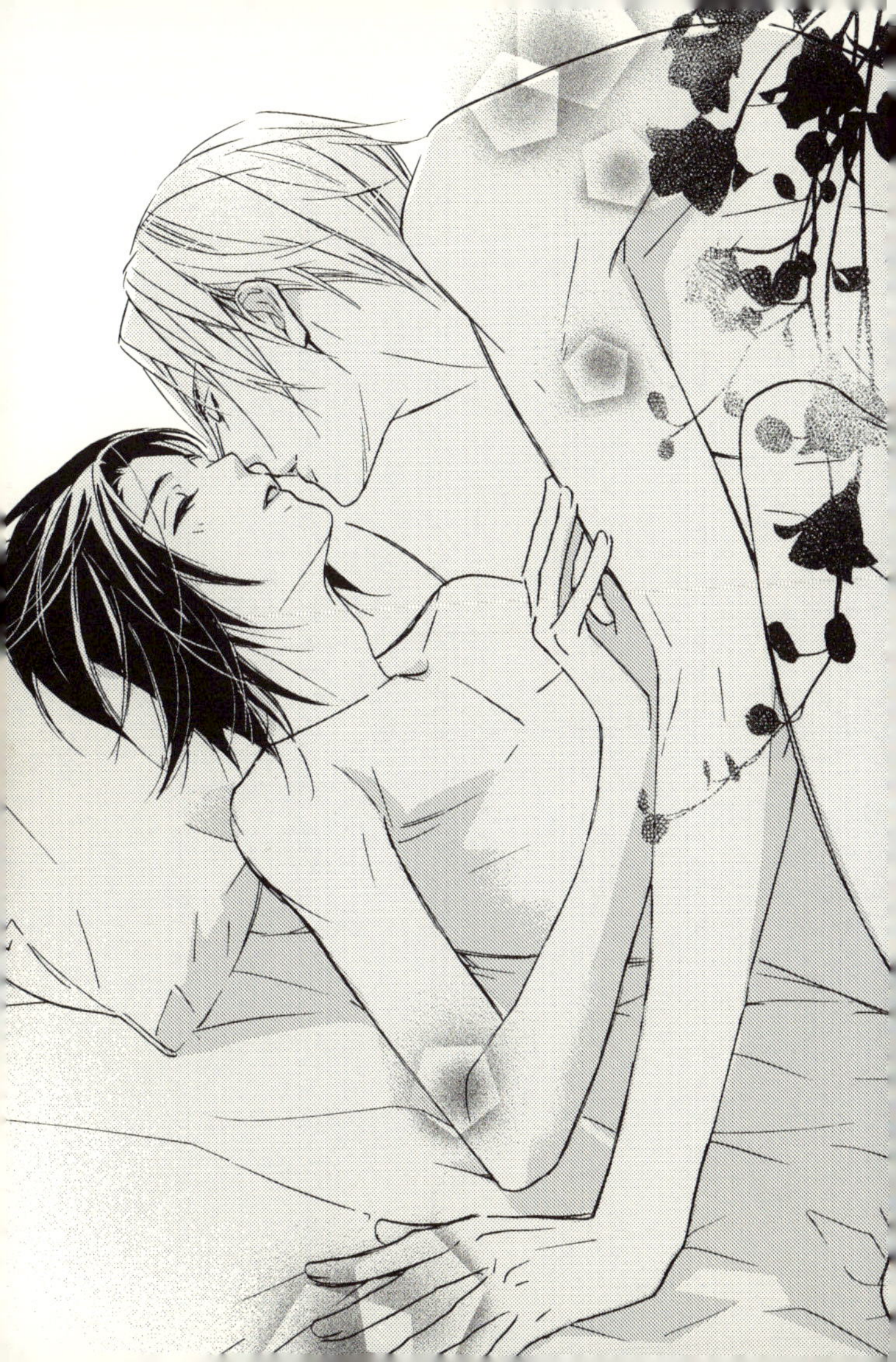

急に腰を摑まれ固定された。

そして斎希が泣き叫ぶのを無視して、岩井は敏感な奥を小突き、捏《こ》ね回して好きな場所ばかりを愛してくれる。持続する絶頂は、精液が出なくなっても続いた。

「ぁ……あ……とける……」

全身が快楽に包まれ、斎希は指先を動かす力も出ない。

軽く突きながら胸を愛撫する岩井を涙目で見つめれば、触れるだけの甘い口づけが与えられた。

「斎希の一番好きな場所に、出すからね」

宣言されて、期待に腰が疼く。達している最中なのに、岩井は更に気持ちよくしてくれると言うのだ。恐くはあったが、岩井にならば全てを委ねられる。

「愛してるよ、斎希」

「僕も……です」

「駄目。ちゃんと『愛してる』って言って欲しいな」

「あ、愛して……ます……っ……ぅ」

根元までぴたりと嵌められ、岩井が中に射精する。大量の熱が奥に注がれ、その刺激にも斎希は絶頂した。

——奥に……いっぱい、出てる……。

口づけながら小刻みに揺さぶられ、斎希はくぐもった喘ぎ声を零す。

「これから一生、君を可愛がるからね。斎希」

頷こうとした斎希だが、岩井の温もりと激しい愛撫に疲れ切った体は睡眠を欲していた。監禁されていた緊張感も溶け、やっと安心できる場所にたどり着いて穏やかな虚脱が襲う。

「お休み、斎希。俺が見守っているから、もう眠って」

こくりと頷くと、額に岩井がキスをする。次の瞬間、斎希は無防備な眠りに落ちていた。


九條本家で起こった騒動は、僅か三日で全てが片付いてしまった。

マンションに戻ってきた岩井は、早速眼鏡とジャケットを放り投げ、だらしなくソファに寝そべる。

「あー疲れた」

「お帰りなさい。疲れてるのは分かりますけど、せめてジャケットくらいハンガーに掛けて下さい」

普段より甘めのカフェオレを作り、テーブルに置く。

相当疲れていたのか、大きなマグカップにいれられたそれを岩井は一気に飲み干して、またぐったりと体をソファへ沈めた。

「斎希ちゃん、こっち来て」

今回ばかりは断る必然性を感じないので、素直に隣に座る。するともぞもぞと体を動かし、岩井が斎希の膝へ頭を乗せた。

「嫌な事、言われました？」

「どっちかって言ったら、俺の方が酷い事言ってきたよ。あの鬼みたいなお婆ちゃんが、泡吹いて倒れたから」

ともかく、結花ちゃんも斎希も来なくて良かったよと、苦笑しながら岩井が続ける。

詳しくは知りたくないが、どういう条件で収めたのかは気になった。

「どうやって、説得したんです？」

「説得は簡単だったよ。銀行の借り入れとか、資産とか。分かりやすい資料にして説明してあげただけ。鞄にコピーしたの入ってるから見ていいよ。九條って書いてあるファイルのやつ」

手を伸ばして鞄を開けると、ノートサイズの紙を入れたファイルが入ってた。中を開くと、小学生でも分かりそうな大きな文字で、簡単な数式が書かれている。

——確かにこれなら、あの人達でも理解できる。

専門家が見たら笑い転げそうなほど、簡単な書面だ。つまりそれだけ、九條家は多大な負債を抱えているという事になる。

現実を数字で突きつけられ、流石に祖母も事態の重大さに気づいたのだ。

「あとは、『俺の会社は手を引くけれど、知り合いが九條の土地に興味を持っている。馬鹿げた接待なんて考えないで、まともな業者を間に立てると約束するなら紹介してもいい』ってお話しした。もっと酷い言い方したけどね」

「それで、実際の所どんな感じなんですか？」

散財で借金まみれという現実は分かっていても、具体的には斎希も理解していないのが実情だった。

自分を性的な接待に使うことで、多少借金が返せる程度なら分家が九條の名を継ぎ再興したいと言い出すことはあり得る。

恐れているのはその点だ。

「斎希ちゃんの心配は、大丈夫だよ。馬鹿みたいな政略結婚や接待しても、利息すら返せない額だからね。土地も含めてまともな業者に全部処理してもらって……後は裁判所で破産申し立てするしかない。本家はどうしようもないよ」

「これから九條家の人たちは、どうなるんでしょうか？」

両親と引き離され、嫌な記憶しかない家だが、先行きは気になってしまう。

優遇されていた本家筋の者は、分不相応な贅沢《ぜいたく》をして働きもしなかったから同情の余地はない。だが格下の分家として見なされた大半の家は斎希ほどではないものの、本家からは召使いのような扱いを受けていた。

本家の命令に逆らえなかった古い考えの大人が大半を占める中、反発することも許されていなかった若い世代はある意味被害者とも言える。

「住宅地を九條家の土地にも広げる計画があるそうだ。土地を売れば、個々の借金は返せるだろう。後の生活は、それぞれの努力しかないね」

プライドを捨てれば働き口はいくらでもあると、岩井が続ける。年寄りはともかく、働き盛りの世代なら、少しずつ新しい生活に馴染んでいくだろう。

「断れば分家も、半年以内に破産するだろうね。そうなったら、一族全員大変な事になる」

以前から金遣いの荒かった親族の大半は借金を抱えており、嫌でも働かなくてはならなくなる。

コネで就職した役場の職員には、議員が話をして使えない者はそれなりの処遇にすると約束もさせたと言う。

「まあ、恩情でお年寄りは近場のホームに入ることを条件に、斎希と結花ちゃんを本家から解放させたから。お年寄り働かせるより、若い連中に労働させる方が効率いいし。ついでに個人で抱えてた借金返済もできるしね」

軽く話しているが、内容は重い。とても自分達ではなし得ないことを、岩井はあっさり動かしたのだ。

当然小石川も尽力をしているが、基本的に真面目な気質なので汚れ仕事の指揮は岩井が取り、表向きの圧力は皆瀬議員と小石川の担当となった。

「小石川君はまだ若いからね。もうちょっと荒波に揉まれないと」

「宗則さん、小石川さんとは二歳しか離れてませんよね？」

「年齢は関係ないって、斎希ちゃんが一番分かってると思ってたよ。キツイ事経験した時間が長ければ、人は生き方を覚えるし、実際の歳なんて関係無く大人にならざるを得ない」

珍しくまともな事を言い出したので、つい彼の額に手を置き熱がないか確かめてしまった。

「……ごめんなさい」

「ん、俺は斎希のそういうとこ好きだよ」

甘えるようにその手を取り、岩井の唇が斎希の指へ口づける。恥ずかしい事を嫌味なくやってのける岩井を、斎希は苦笑して受け入れる。旅館での夜、何度も愛を確かめ合ったけど日を追うごとにその思いは膨らんでいる。岩井も同じらしく、こうしたスキンシップは多くなっていた。

「そうだ、帯留めだけど暫《しばら》くは小石川家の管理下に置くことになったたって」

たしかあれは、歴史的な価値があるとかで作られた年代などを調べるために研究施設に持ち込まれていたはずだ。

「これは俺も盲点だったんだけどね。あの婆さん、いろんな人に自慢してたんだよ。目利きが見たら、一発で本物って分かる品だからうっかり博物館において九條家の知り合いに見られでもしたら……面倒だろう？」

確かに、現状ではまだ九條家は存在している。ほとぼりが冷めるまでは、帯留めが博物館に渡った経緯を噂されないように隠しておく必要があるのだろうと斎希も察した。

「それに結花ちゃんの旦那《だんな》になる小石川君が持ってる分には、難癖付けてきても理論武装で追い払えるしね」

これ以上、自分たちのような不幸な子供を出さないためにも、九條に関わる者には渡さない方向で、全員の意見は一致している。国宝級の帯留めを保管するなど、ストレスが溜まりそうだけれど小石川家なら持ち前の大らかさでなんとかするに違いない。

「そうそう結花ちゃんだけど、年内に小石川君と籍を入れるって。俺たちも、仕事が一段落したら身を固めようか」

「でも戸籍は女ですけど、僕は男という事に変わりありません。ご両親が納得しないんじゃ……」

数日前、議員も交《まじ》えた席で、九條の借金や詐欺紛《さぎまが》いの結納をしたことが問題になった。その最後に、斎希の戸籍のことも話し合ったのである。その時に面倒ではあるけれど、手続きを踏めば性別は変えられると知らされた。けれどこのご時世なのでゴシップ狙いのマスコミに面白おかしく書かれないため、あえてそのままにすることを選択したのだ。

当然斎希の身元保証人をどうするかと問題になったが、それも岩井が『私が生涯《しょうがい》添い遂げる』と宣言して、小石川達を半ば勢いで納得させたとは聞いている。

だが問題は、岩井の家族だ。表向き人助けと言い訳しても、納得するはずがないと斎希は思う。

「ああ、俺の親？　電話で話はしたよ。生活管理をしてくれて、夜遊びも叱ってくれる相手なら男でも構わないって大喜びされた」

「そんなあっさりと、人生決めていいんですか」

「俺としては、かなり真面目にプロポーズしてるんだけど。何だったら夕日の見える丘で、婚約指輪を渡すとかやったほうがいい？」

「……遠慮します」

後で知ったが、岩井は相当適当に生きてきた人間であるのは事実だった。性別問わずに手を出し数人の恋人と同時に付き合うのが普通だった岩井に、両親も側近も悩んでいたらしい。

今回も遊び半分で結婚すると言いだし、斎希が岩井の浮気で悩み結果として迷惑がかかるのではとそちらの心配をしたのだと岩井が笑って言う。

「ともかく、俺は本気。斎希は？」

「本当に、籍を入れてもいいんですか……」

「当然だよ。これから役所に行って籍を入れれば、その場で岩井斎希になる。一つ九條の本家を評価するとしたら、君の戸籍を女性にしたことだ」

ずっと重荷になってきたことが、予想もしていなかった結末を生み出したのである。

「君とご両親、結花ちゃんにした事は許しはしないけどね」

「あの、父さんと母さんは」

余計な心配をかけないよう、騒動の最中も両親との連絡は取らないように小石川には頼んであった。しかし九條家が事実上崩壊したのならば、会っても問題ないだろう。

「小石川君が、居場所を突きとめて大まかには話をしてあるよ。ただ本家のお年寄りを全員特養ホームに入れて、指示が出せない状態にしてからでないとまだ危険だからね。全部片付いて、安全だと分かったら改めて会えるように取りはからうよ。結婚のご挨拶もしないといけないし」

「ありがとうございます」

「ちらっと聞いたけど、今は瀬戸内海の離島で農業をしているらしいよ。ご両親は元気だってさ」

両親の写真は祖母に全て捨てられてしまったから、もう面影すら朧《おぼろ》げだ。あの馬鹿げたしきたりさえなければ、今頃は家族でのんびりと田舎暮《いなかぐ》らしをしていたかも知れない。

——でもそれだと、岩井さんに会えなかった。

「君が何かを考えているか、大体分かるよ。そうだね、この事件がなければ、俺と会うこともなかった……とか暗いこと考えてたよね？　無駄だよ、俺たちは出会う運命だったの！」

「宗則さん、そういう台詞は可愛い子が言うから似合うんです」

「つめたいなあ」

「あんまり馬鹿な事言うと、嫌いになりますよ」

岩井が上半身を起こして、斎希と正面から見つめ合う。

「俺って今まで信じて、裏切られてばっかりだったからなあ。だからって慣れる訳でもないし、むしろ結構打たれ弱いんだよ」

あっさり言うから、真実みがない。

トラブルもさらっと解決してしまう彼が、『嫌いになるかも』と言った程度で傷つくなんて嘘としか思えない。

「仕事の顔は、表向きの顔。何されても気にしないよって雰囲気でいたほうが、俺みたいなのは都合がいいの」

「そうなんですか？」

「目が笑ってないって指摘したのは、斎希が初めてだよ。だから嬉しい」

――こんな人でも、苦労はあるんだな。

自分だって、最初は本家からの虐めを理解してもらえなかったと思い出して反省する。

「これからは俺が、君を守る。今までできなかったことを、全部やろう」

岩井の胸に顔を寄せて、斎希は耳まで真っ赤になった顔を隠して告げた。

「はい。あ、でも」

「宗則さんも一緒じゃないと、駄目です」

「君は本当に、俺の理性を崩すのが上手いね」

「え。ええっ」

「これから毎日、斎希の淹れてくれるカフェオレが飲めるなんて嬉しいな」

些細な事を、岩井はまるでとてつもない幸福のように言う。

でもきっと、好きな相手と二人でいられるというのは本当に幸福なことなのだ。

「斎希は、なにかして欲しいことある？」

「じゃあ……僕がカフェオレ淹れたら、美味しいって言って下さい。つまらない事かも知れないけど、僕にとっては最高の褒め言葉だから」

「勿論、言うよ。カフェオレだけじゃなくて、斎希の作ってくれる物は全部美味しいから言わずにいられないよ」


その後、斎希と岩井は二つの季節を婚約者として過ごした後、結花が正式に小石川家に嫁《とつ》ぐのを見届けてから婚姻届を提出した。

花嫁達の悩み事

それは、結花《ゆか》が小石川家《こいしかわけ》の花嫁になる少し前の事。

新居を構えるにあたり、結花の希望で斎希《いつき》が岩井《いわい》と同居しているマンションの側《そば》が第一候補になった。低層マンションと住宅が半々程度に立ち、駅にも近い立地なので小石川もすぐに賛成してくれたと聞いている。ただ、どうしてか岩井だけは不満げに眉《まゆ》を寄せ『小姑《こじゅうと》……』と呟《つぶや》いていたのが気になったけれど、斎希はあえて無視をしていた。

そして今日、土地の確認をするために出向いた二人と共に昼食を取る事になったのだ。

「――大体の場所は決まってるの？」

それぞれ忙しくしている三人が揃《そろ》うのは、久しぶりだ。こぢんまりとしたイタリアンレストランに入り、三人は久しぶりの再会を喜び他愛のない会話を交わす。

「お義父様《とうさま》が、近くに土地を所有してらしてね。わたしが卒業するまでに整地して、好きな家を建てなさいって仰《おっしゃ》ってくれたの。家だけじゃなくて、家具も一つずつ好みの物をオーダーするから、やっぱり完成まで三・四年はかかるみたいね。こんな大げさにするつもりじゃなかったんだけど小石川の家の格に合わせないと修司《しゅうじ》さんが怒られるし」

「なんだか、大変なんだね」

問題のある家から兄妹を救い出すだけの計画が、いつのまにか修司が妹に心惹《こころひ》かれていた。

世間から見れば、所謂《いわゆる》シンデレラストーリーだ。

小石川の家族は格の違いを問題にするような心の狭い人たちではなかったが、世間知らずの次男坊が騙《だま》されているのではと、内心懸念を抱《いだ》いていたようだ。

それは結花も理解しており、修司の妻として恥ずかしくない教養と所作を必死になって身につけてきたのだ。そんな苦労などおくびにも出さず、元々頭の良かった結花は、修司の妻として必要とされる以上の才能を開花させるに至った。

小石川家は旧家だが、頭の中まで凝《こ》り固まっている訳ではない。義父が試しに書かせた幾《いく》つかの経営に関する論文や、実際の数値から企業業績を推測する結花の能力は役員達すら唸《うな》らせる程の出来で、特に義父からは『本格的に経営学を学んで、経営面でも修司を支えてみないか』と誘われるほどだ。

結果として結花は快く修司の妻と認められただけでなく、彼の父親からは経営の才能まで見込まれている。

小石川の親族から出しゃばるなと一蹴《いっしゅう》されても仕方のない誘いだが、修司と結花は父と話し合い、これから待ち受ける苦難も理解した上で社長補佐としての勉強をすることに同意したのである。

「でも修司さんのお手伝いもあるから、納得する家になるまではもっとかかるかな。内装は凝りたいし」

華やかな笑顔で未来を語る結花からは、自信と強さが感じられる。九條家に居た頃の、ぴりぴりとした雰囲気は消え、良家に嫁《とつ》ぐ女性としての風格のようなものさえある。

「結花がこうして強くいられるのも、小石川さんのお陰です」

なにがあっても自分達の味方でいてくれた彼には、心から感謝している。しかし小石川は、いつもの優しい微笑《ほほえ》みを浮かべつつ首を横に振った。

「買いかぶりすぎだよ。特に九條《くじょう》家《け》から正式に君たちを引き離す計画は、岩井君がいなかったらここまで迅速《じんそく》には進まなかっただろうしね」

それは斎希と結花も、分かっている。けれど初めの決断を促し、九條家のしきたりに従うしかないと諦めていた気持ちを前向きに変えてくれたのは小石川だ。

「しかし岩井さんは残念だった。揃うのは、私が乗り込んでいった日以来なのに、仕事が入ったなんて。改めて謝ろうと思っていたんだが」

小石川は当初、岩井が斎希を監禁していると思い込んで、敵意をむき出しにしていたことを未《いま》だに酷《ひど》く恥じている。とうの本人は気にも留めていないと斎希が幾ら説明しても、『直接謝りたい』と言い続けているのだ。

「本当に気にしないで下さい。それにご近所に住めば、嫌でも顔を合わせることになりますし」

「そうよ修司さん、謝ったことを後悔するわよ。斎希を監禁してたのは、事実だし」

「結花。恩人を悪く言うものじゃないよ」

窘《たしな》める小石川に構わず、結花が続ける。

「わたしね岩井さんて、胡散臭《うさんくさ》いってずっと思ってるのよ。仕事もそうだけど、人間関係も
――斎希はどう考えてる？」

「……僕が言うのもなんだけど、間違ってない。なにしてるか、よく分からないし。でも一応仕事はしてるからあまり気にしないようにしてるんだけど」

自分を愛してくれている気持ちを疑ってはいないけれど、相変わらず朝帰りはしているし、仕事内容を尋ねてみても上手くはぐらかされてしまう。本業はリゾート施設の開発だが、明らかにそれ意外の仕事にも手を出している。

「彼は二人を助けてくれた恩人じゃないか。仕事はリゾート開発を主軸にした会社の次期社長なんだろう？　なのにどうして、胡散臭いだなんて言うんだ」

「わたし、修司さんが真っ直《まっす》ぐで、一度信じるとなかなか疑わない性格も好きよ。けどね、疑うのも大切なの。これ、同じ物だから見てみて」

ため息をついて、結花が鞄《かばん》から二冊のファイルを出してテーブルに置く。斎希と小石川はそれぞれ手に取り、ページを捲《めく》る。そこにはこの数ヶ月の岩井の行動範囲から、過去数年分の交友関係まできっちりと報告書として纏《まと》められていた。

「どうしたのこれ？」

「お義父様が先日秘書を数人つけて下さったからね。早速《さっそく》、初仕事として『兄の結婚相手の

素行調査』をしてもらったの。効率的な情報収集の方法なんかも教えてもらったし、わたしも勉強になったわ」

「結花はすごいね。私にはこんな短期間で調べるなんてとても無理だよ」

「わたしは指示しただけ。誉めるなら、秘書達を誉めてあげて」

とはいえ、彼らの能力を最大限に引き出して、効率よく仕事を割り振ったのは結花だ。仕事に関してはバイトの経験すら無い結花が、突然部下を持たされても全く尻込《しりご》みせず、逆に使いこなしているのだから、小石川の父が認めたのも分かる気がした。

本家に居た頃も、結花はいつでも自立できるように勉強を怠《おこた》らなかったと思い出す。親族の中には『女子には高等な学問は不要』という意見もあったが、そこは祖母に上手《うま》く取り入り、邪魔されない環境を作っていたのを斎希は覚えている。

「これが、岩井さんの仕事？」

「そうよ。確かにリゾート開発がメインだけど他にも投資、飲食、不動産。色々な業種に関わってるわ」

「よく調べたね」

心から感心したふうに、小石川が唸る。すると結花が我慢も限界といった様子で声を張り上げた。

「当たり前でしょう！　大切な斎希が、得体の知れない男のものになるのよ。身元を調べるのは基本じゃない！　修司さんは心配じゃないの？」

自分を心配してくれる気持ちは分かるけれど、少しやりすぎな気もする。けれどそんな事を言えば更に結花がヒートアップしそうなので、あえて斎希は無言を通した。

「斎希君が幸せそうだったから、問題ないと思って。私も彼については少し探ったけどここまで精密に報告書を書くなんて……結花はすごいね」

「どういたしまして。大学を出たら、わたしは修司さんの妻兼秘書になりますって宣言したからね。これからもっと、本気出すわよ」

誉められて余程嬉《うれ》しかったのか、結花の目が輝き出す。

――楽しそう……良かった。

二人とも立場は違えど、抑圧されて育った身だ。何かに没頭し、それを誉められるという事は極端に少なく、斎希の方は皆無《かいむ》と言って良かった。結花もいくら跡取りとはいえ、本家に半《なか》ば軟禁されていたのだから、我儘《わがまま》放題ができたわけでもない。どうやら結花は、本当にオフィスワークが合っているのだと、資料を読み進めるうちに確信する。

「素晴らしいよ結花。君の部下が集めた情報は、とても読みやすく整理されている。資料として完璧だ」

そう言うと小石川がファイルを閉じて、斎希に微笑みかけた。

「斎希君も安心だね。ざっと目を通しただけでも岩井さんが、とても優秀で私よりもずっと仕事ができると分かる。岩井さんは事業に失敗するような性格ではないと思うから、あとは君が彼を支えてあげれば上手くいくと……」

するとなぜか、結花が怒りの形相《ぎょうそう》で口を挟んできた。

「どうしてそこで、怒らないのよ！　簡単に相手を認めちゃうから、お義父さまやお義兄《にい》様が『修司は性格が真っ直ぐで優しいから、経営を任せるのは心配だ』なんて言うのよ」

「結花はこんな私を、情けないと思うかい？」

すまなそうな項垂《うなだ》れる小石川を前にして、結花が慌ててフォローを入れる。

「違うの。修司さんはそのいいところを伸ばして。わたしが修司さんを支えるから」

「ええ、小石川さんが気に病むことはありませんよ。結花も僕を心配してくれる気持ちは嬉しいけど、やりすぎはよくないよ」

なんにしろ、この報告書を見る限り、仕事に関して岩井には非の打ち所がない。

「二人とも、ごめんなさい……でも、岩井のヤツ生意気っ！　斎希を取って行っちゃった上に、仕事までできるなんて！」

それが本音かと、斎希と小石川は同時に気がついて顔を見合わせる。

「いかにも軽薄そうだし、ちょっと過去調べたら恋人が何人も出てくるし。服も髪も、きちんとしてないし」

「結花だって、ええと、ギャルだっけ？　ああいう派手な格好してたじゃないか。それに今、岩井さんは斎希君一筋なんだろう」

「ギャル服はちょっと興味があっただけで、もう着てないわ。それに今は斎希が好きでも将来浮気でもしたら……とにかく、不安なの」

語尾が小さくなり項垂れる結花の弁明を聞いてから、小石川が改めて斎希に視線を向けた。

「斎希君としては、どうだい？」

「岩井さんから直接聞けなかったから、この情報は有《あ》り難《がた》いです。それにこれだけ忙しくしていたら、朝帰りも仕方がないですよね」

浮気は考えた事もなかったので、あえて意見は言わないでいた。それにもし、彼が不貞《ふてい》を働くようなら、斎希だってそれなりに反抗するつもりだ。

――変わらなきゃ、何も進まないんだから。

助けてくれた小石川と岩井に、頼ってばかりはいられない。自分で考え、前向きに行動しなくては変わりはしないのだ。

「大丈夫だよ結花。僕は岩井さんが好きだし、岩井さんも僕の事を大切にしてくれてる。それにね、僕も強くなったよ。なにがあっても、あの人の気持ちを信じてるし離れるつもりもないから」

一息に言って、結花の反応を窺う。斎希の宣言がショックだったのか、目尻に涙が浮かんでいるけれど零《こぼ》さずに堪《こら》える。

意地っ張りな妹は、気に入らない相手を兄が心から愛していることに気づいたのだろう。

「……分かったわ。斎希がそこまで言うなら、信じるわよ。でもあの人が信じられなくなったら、いつでも相談してね」

「分かってるよ」

「ともかく！　あんなちゃらんぽらんで仕事して、利益出すなんて信じられない……絶対に見返してやるんだから！」

「ところで結花。料理の勉強は、してるの？」

「へ？　あ、うん……」

急に歯切れの悪くなった結花に、斎希は静かにため息をつく。

「仕事の勉強で忙しいのは分かるけど、『妻として家事も完璧にこなすんだ』って自分で宣言したの忘れたの？」

小石川との結婚が正式に決まった頃から、結花は理想とする新婚生活を斎希に話すようになった。しかし現実は厳しく、小石川の補佐を務められるだけの知識や、パーティーでの所作など学ぶ事は大量にあり、とても家の事まで手が回らないのが現状らしい。できないなら正直に言えばいいのに、『新妻』に妙な憧《あこが》れを持つ結花はせめて料理だけでも完璧にこなしたいと事あるごとに言うのだ。

正直な所、批判の目に曝《さら》される社会の場に出るより、理解ある小石川家の中に留《とど》まって欲しいと斎希は思っている。

「いいんだよ、斎希君。結花はできる範囲で精一杯家の事をしてくれているし、足りないところはハウスキーパーを頼んでいるから不自由はないんだ。ああ、もし良ければたまにうちに来て、和食を教えてもらえないかな。以前もらったレシピ通りに作ってみたんだけど、どうも味がちがうんだ」

「――僕は構いませんが……」

これではまるで、小石川が妻として料理を覚えたがっていると取られても仕方がない。

「なら、決まりだね。手の空いてる時でいいから、また新しいレシピを送ってもらえるかい？　勉強する結花の夜食を作ってあげたいんだ」

どうやら小石川は、彼自身が料理に興味を持ってしまったようだ。妻として啖呵《たんか》を切ったにもかかわらず、納得できない立場になってしまった結花は、複雑な顔で運ばれてきたデザートをつつく。

「そんなに考え込むことじゃないよ。適材適所でいいんだからね、結花」

「修司さん……フォローになってないわ」

――でも、それなりに上手くいってるみたいで、一安心かな。

これからの生活が大変なのは、結花の方だ。由緒《ゆいしょ》ある小石川家に嫁ぐという事は、多くの人から評価を受けることに繋《つな》がる。幸い小石川家は結花を認めてくれたが、周囲の人間が同じように接してくれるとは限らない。

だから結花は、全てにおいて完璧でなければと意気込んでいるのだ。おそらく小石川もそれを理解した上で、あえて茶化し深刻にならないよう気を遣っているのだろう。

「仕事も家事も、張り切りすぎたら駄目だよ」

「ありがとう、お兄ちゃん。でもね……岩井さんの報告書読んだら、やっぱり張り合いたくなっちゃうのよ！」

自分や小石川が考えているより、結花はずっと強いようだ。小石川も同じ考えに至ったらしく、同時に吹き出してしまう。

「もう何よ、二人とも！」

「結花は可愛《かわい》いなって、思っただけだよ。ね、斎希君」

「はい」

久しぶりの食事会は、騒がしいながらも和《なご》やかな雰囲気で幕を閉じた。


「——という話をしてきました。早く仕事が終わったんだったら、来てくれれば良かったのに」

「俺《おれ》が行っても、水を差すだけになってたと思うけどね」

マンションに戻った斎希は、ソファでふて寝をしていた岩井を揺り起こして二人と会ってきたことを報告する。寝っ転がったまま岩井が少し頭を浮かせるので、意図が分かってしまった斎希は仕方なく彼の要望に応えて膝枕《ひざまくら》をするためにソファへ座る。

以前住んでいたアパートは本家と絶縁してすぐに引き払い、今は岩井と同棲《どうせい》している。岩井はすっかり結婚した気でいるようだけれど、斎希としては専門学校を卒業するまで婚姻届けを出す気はない。

「俺、結花ちゃんに相当嫌われてるなあ。斎希を彼女から奪った形になったから、仕方ないんだろうけど」

「単に素行の悪さが気に入らないんだと思いますよ。最高で十人同時にお付き合いする人だったなんて、驚きました」

「そんなとこまで、調べたの？　斎希ちゃん、俺いまもこれからも斎希ちゃん一筋だからね」

涙目で頭を抱える岩井に、ため息をつく。それは過去の事なので、斎希は報告書を読んでも呆《あき》れはしたが怒ってはいない。

「知ってますから、安心してください。それと二人がご近所に引っ越してくるのは、早くて三年後ですね」

「三年ね。どうせその間も、斎希が心配でちょくちょく来そうな気がするけど……そういえば結花ちゃんて、料理苦手なの？」

問いかけに、斎希は頷《うなず》く。結花はお茶や生け花などのお稽古事《けいこごと》はさせられていたが、家事関係は『手が荒れるから』と祖母が禁止してた。

しかし全くできないわけではないので、斎希は妹の名誉のために訂正する。

「得意料理はあるんですよ。ただ小石川さんには言いづらいみたいで、それに食材も手に入りにくいから。作りたくても、作れないいんです」

「小石川君に言わないから、言えない理由を俺に教えてよ」

興味津々《きょうみしんしん》の岩井にしまったと思ったが、もう遅い。

「雉《きじ》やイノシシを使った料理です。あまり売ってないし、結花は新鮮な肉を使いたがるから」

「え……まさか、解体からするの？」

「当たり前じゃないですか。祖母の目を盗んで、やってましたよ」

宅地開発が本格化されるまで、九條家を中心にしたあの一帯はのどかな里山だった。野生動物が出て畑を荒らされることもあり、定期的に地元猟友会が駆除に来ていた。

初めは物珍しさでこっそり覗《のぞ》いていた結花だったが、我慢しきれずある時『解体や料理の仕方を教えて欲しい』と自分から頼み込んだと本人から聞いている。

当然、祖母にバレてからはいい顔はされなかったけど、唯一の楽しみだから奪わないでと大暴れし、根負けした祖母に認めさせた経緯もある。

「斎希はできるの？」

「僕は家から出ること自体を制限されてましたから、そういう集まりには行けませんでした。宗則《むねのり》さんが食べたいって言うなら、勉強してきます」

どうしてか、岩井がほっとした様子で息を吐く。

「なんなら、結花を呼んでここで解体してもらいましょうか？　お風呂場なら、雉の羽をむしっても掃除は楽ですよね」

「いや、そういう問題じゃなくて……ともかく遠慮しておくよ。でも話を聞く限り、ストレス発散は必要そうだね」

珍しく真剣な顔になった岩井が、なにかを思いついたように起き上がる。そしてテーブルに置いてあるノートパソコンを操作して幾つかのページを開く。

「ジビエ？」

「野生動物の肉を使った料理の事だよ。小石川君に伝えるなら、『ジビエが得意』って言えばいいんじゃないかな。野生動物の料理は最近の流行《はや》りだし、ワインにもよく合うんだ。小石川家くらいの交友関係だと趣味で狩猟をする人もいるだろうから、パーティーでの話題作りには丁度《ちょうど》いいよ」

物言い一つで、高尚《こうしょう》な趣味になるんだなと変なところで感心してしまう。それなら結花も、趣味の料理を再開できて、更にパーティーで人脈を広げる際にも使える話題だ。

「ありがとうございます」

「あ、お礼ならキスして」

折角《せっかく》素直に礼を言ったのに、どうしてこう軽い切り返しをするのかと呆れつつ、斎希は彼の頰《ほお》に唇を押し当てた。

「でも、一つ納得できない事があります」

「なに？」

「仕事の事ですよ。結花の作った報告書じゃなくて、宗則さんから直接聞きたかった」

それだけはどうしても、心に棘《とげ》のように引っかかっている。

「ごめん。色々手がけてるし、その……話の流れで、過去の恋愛がらみの事も話さないといけなくなるから、言い出しづらくて」

確かに、仕事がらみから恋人のような関係に至ったケースは多く報告されている。幸いなのは、どれも円満に別れている点だろう。

「僕は岩井さんを信じてますし、今は僕だけだって事も知ってます。過去の事は気になりますけど、話してくれないのはもっと嫌なんです」

「不安にさせてごめんね、斎希」

知り合って恋に落ちて、まだ数ヶ月。お互いに全てを知っている訳ではないし、どう踏み込んでいいのかも手探りだ。だから仕方ないと頭では理解しても、感情が追いつかない。

「僕も、九條家で受けた虐《いじ》めを全て話してませんから、一方的に責めるのは筋違いだって分かってます。でも……」

このもどかしい気持ちを、上手く言葉にできない。すると岩井が、斎希を落ち着かせるようにそっと抱きしめてくれる。

「これからゆっくり、色々なことを話して理解していこうよ。時間はあるんだし、そんなに焦らなくていいから」

「ええ」

結婚を前提にしているとはいえ、この恋はまだスタートしたばかりなのだ。互いの過去を知れば、考え方の相違も次第《しだい》に見えてくるだろう。けれどそれが原因で別れるとは、どうしてか考えられない。

「じゃあ早速、お互いの考えをもっと知るために、手っ取り早くベッドに行こうか」

「だからどうして、そうなるんです！」

文句を言う斎希を、岩井が軽々と抱き上げる。真面目《まじめ》な話が、これでは台無しだ。

「だって斎希ちゃんは、ベッドの方が素直だし」

「知りません！」

怒る斎希に、岩井は笑みを返すだけで動じもしない。

――このよく分からない自信も、好きなんだろうな。

見惚《みと》れてしまう、甘い微笑みと慈《いつく》しむように見つめる視線に心が蕩《とろ》けていくのが分かる。

岩井ならば、自分の全てを受け入れ愛してくれる。

「まずは俺の仕事を隠してた謝罪も兼ねて、今夜はたっぷり愛するからね」

「それって、単に宗則さんがしたいだけじゃ……」

口づけられて、言葉は彼の唇に封じられた。

強く抵抗する気は無かったから、斎希も諦めて彼の首に腕を回す。自分も結花とは違った悩みを抱えているけれど、それなりに上手くいくだろうとぼんやり考える。

「……ん……宗則さん」

「なに、斎希?」

「好きです」

「俺も同じ事、考えてたよ」

前途多難な道のりは、岩井とならば歩んでいける気がする。

斎希ははにかんだ笑みを浮かべ、自分から彼にキスをした。

あとがき

はじめまして、こんにちは。高峰あいすです。ルチル文庫では、四冊目の本になります。

まずは、お礼から。最後まで読んで下さいました読者の皆様に、お礼申し上げます。ちょっとでも楽しんでもらえたら、とても嬉しいです。

挿絵を描いて下さいました、六芦かえで先生。本当にありがとうございました！　私がもたもたしてご迷惑おかけしてしまったのに、美麗な二人を描いて下さり感謝してます！

そして編集のＦ様。もう色々と、頭が上がりません。すみませんでした……。

いつも支えてくれる、家族と友人に感謝します。

今回は自分なりに、ギャップのある攻を目指してみたのですが、いつもの通り変わった人で終わりました。岩井の名誉のために書くと、『黙っていれば、最高に格好いい』人です。フォローになってないな。斎希は理想の花嫁を具現化したような子です。正直、岩井には勿体ない。

この本を出すに当たって、携わって下さった全ての方。そして読んで下さった皆様に、改めてお礼申し上げます。それではまた、お目にかかれる日を楽しみにしています。

高峰あいす　公式サイト　http://www.aisutei.com/

✦初出　許婚のあまい束縛………書き下ろし
花嫁達の悩み事…………書き下ろし

高峰あいす先生、六芦かえで先生へのお便り、本作品に関するご意見、ご感想などは
〒151-0051 東京都渋谷区千駄ヶ谷 4-9-7
幻冬舎コミックス　ルチル文庫「許婚のあまい束縛」係まで。

幻冬舎ルチル文庫

許婚のあまい束縛

2013年7月20日　第1刷発行

✦著者	高峰あいす　たかみね あいす
✦発行人	伊藤嘉彦
✦発行元	株式会社 幻冬舎コミックス 〒151-0051 東京都渋谷区千駄ヶ谷 4-9-7 電話 03(5411)6431［編集］
✦発売元	株式会社 幻冬舎 〒151-0051 東京都渋谷区千駄ヶ谷 4-9-7 電話 03(5411)6222［営業］ 振替 00120-8-767643
✦印刷・製本所	中央精版印刷株式会社

✦検印廃止

万一、落丁乱丁のある場合は送料当社負担でお取替致します。幻冬舎宛にお送り下さい。本書の一部あるいは全部を無断で複写複製（デジタルデータ化も含みます）、放送、データ配信等をすることは、法律で認められた場合を除き、著作権の侵害となります。

定価はカバーに表示してあります。

©TAKAMINE AISU, GENTOSHA COMICS 2013
ISBN978-4-344-82882-7　C0193　Printed in Japan

本作品はフィクションです。実在の人物・団体・事件などには関係ありません。

幻冬舎コミックスホームページ　http://www.gentosha-comics.net